일제의 북한 기행

재조일본인의 국경의 우울

이 저서는 2007년 정부(교육과학기술부)의 재원으로 한국연구재단의 지원을 받아
수행된 연구임(NRF-2007-362-A00019).

일제의 북한 기행

재조일본인의
국경의 우울

김계자 편역

역락

확장되는 제국의 이미지와 재조일본인의 우울

　본서는 일제강점기에 재조일본인(在朝日本人)이 북한을 어떻게 그렸는지를 보여주는 내용으로, 당시의 대표적인 일본어잡지 『조선 및 만주(朝鮮及滿州)』(1912.1~1941.1)와 『조선공론(朝鮮公論)』(1913.4 ~ 1944.1)에 실린 기행문과 소설을 편역한 것이다.

　일제강점기에 식민지 조선은 여러 명칭으로 구획되었다. 남북으로 크게 나누어 '남조선(南朝鮮)'과 '북조선(北朝鮮)'으로 부르는 경우가 보통인데, 남북을 종단해 일컬을 경우는 태백산맥과 낭림산맥을 기준으로, 평안, 황해 경기, 전라, 경상을 포함하는 '표조선(表朝鮮)'과 함경, 강원을 포함하는 '이조선(裏朝鮮)'으로 나뉘었다. 1920년대를 전후해서는 좀 더 세분화된 명칭이 사용되었다. 경상도와 전라도를 일컫는 '남선(南鮮)', 황해도와 평안도는 '서선(西鮮)', 강원도 북쪽이나 함경도는 '북선(北鮮)'으로 불렸다. 경성을 중심으로 한반도 중간 지점을 일컫는 '중선(中鮮)'이라는 명칭도 있었으나, 1920~30년대의 잡지를 보면 '경성'으로 대표되는 경우가 많다. 부산이나 평양 같은 중심 도시는 경성과 마찬가지로 도시명으로 불리는 경우가 많았다. 일제가 사용한 이러한 호칭은 현재 시점에서 보면 차별어인데, 당시의 분위기를 전달한다는 의미에서 본서에서는 그대로 번역했다.

흥미로운 것은 1910년대에는 경성이나 '서선'이 자주 보이는 반면, 1920년대 이후로 갈수록 '북선' 사용이 급격히 증가하고, 조선과 만주를 묶어 '선만(鮮滿)'으로 불리게 된다는 사실이다. 조선에 대한 명칭 사용의 추이만 봐도 대륙으로 영토를 확장시켜 나가고자 한 일제의 욕망을 짐작하고 남는다. 특히 『조선 및 만주』는 '선만'이라는 개념을 자주 노출시켜 조선과 만주를 잇는 블록으로서의 이데올로기 생성에 앞장섰다. 일제는 이미 1910년대부터 함경도의 중요성을 주시하며 '북선' 담론을 만들어내고 있었다.

1914년에 착공해 1928년에 준공된 함경선 부설 논의가 나오기 시작했을 때, 특히 '북선'을 둘러싼 글이 많이 실리면서 '북선'은 개발의 보고이자 조선의 장래를 유망하게 하는 곳으로 선전되었다. 함경선은 식민지와 '내지'를 긴밀하게 연결하고 나아가 대륙으로 가는 길목임을 강조했다. 본서의 후반부에서 이러한 내용을 확인할 수 있다.

1920년대 중후반이 되면 일제는 조선과 '내지'의 연결뿐만 아니라 국경 너머까지 시야를 확장한다. 1930년대에 들어가면서 '북선'은 만주를 위시해 중국으로 나아가는 국경의 접경지로서의 역할이 강조된다. 아래의 그림에 있는 '내지'와 만주, 중국으로 뻗어나간 교통망이 이를 상징적으로 보여준다. 이와 같이 일본 열도와 한반도, 만주, 나아가 중국대륙으로 이어진 철도망이 부채꼴로 연결된 연락도는 일본의 지배가 미치는 영역의 가시화로 볼 수 있으며, 확장되는 제국의 이미지를 보여주고 있다.

일지연락도(조선총독부 철도국, 『1932년 조선여행안내』, 1932)

그런데 시찰이나 관광 등을 목적으로 하는 여행자의 시선과는 다르게, 생활자로서 거주하고 있던 일본인의 심상에 '북선'은 우울한 풍경으로 그려진다. 본서의 전반부에서 소개하고 있는 재조일본인 관련 서사물을 통해 이를 확인할 수 있다. '북선'에 정착한 재조일본인이 조선인을 바라보는 시선은 우월한 시선으로 식민지인을 내려다보는 식민자의 바로 그것이었다. 그러나 생활자로서 눈앞에 맞닥뜨린 풍경은 달랐던 것이다. '북선'을 소재로 하고 있는 서사물 자체가 별로 없는 가운데 그나마 몇 안 되는 소설이 우울함을 노정하고 있는 내용이어서 특기할 만하다.

1920년대 후반 이후는 '북선'을 배경으로 하는 재조일본인 서사 자체가 모습을 감추고, 무대는 만주로 이행한다. 이와 같이 '북선'을 배경으로 하는 재조일본인 서사에는 기행문과는 다르게 생활자로서의 조선 인식이 나타나는데, 여기에는 식민자로서의 우월한 시선이 개입하면서 식민지의 풍경은 후경으로 소외되고 우울한 내면으로 침잠해 들어가는 모습을 볼 수 있다. 즉, 확장되는 제국의 집단적 이미지와 다르게 재조일본인의 식민지 일상에서는 개별화된 우울한 기억이 생성되었던 것이다.

제국은 해체되었다. 그러나 한반도는 분단이 계속되면서 북한 풍경을 일제가 그려놓은 서술을 통해 접해야 하는 현실은 너무 안타깝다. 이에 1920년대의 제국과 식민지 문화 지형이 한국에서 여전히 현재적 의미가 있음을 주지하고, 식민 이후의 사유를 제기하고자 본서를 기획하게 되었다. 촉박한 출판 일정 속에 본서가 나올 수 있도록 세심하게 신경 써주신 역락의 이태곤 본부장님께 감사를 드린다.

2015년 6월

김계자

차 례

‖ 소설 ‖

퇴역 중좌의 딸
투신하다

●

이와나미 구시지(岩波櫛二)

1

　국경에 가까운 산들에 하얀 눈이 보일 무렵이 되었다. 석양이
동쪽 봉우리에 내리비춰 하얀 머리를 반짝반짝 빛나게 했다. 하루
의 근무를 마친 하다케나카(畑中) 중위는 초겨울 석양을 오른쪽
어깨 비스듬히 받으면서 먼지로 하얗게 된 구두 끝을 내려다보며
병영을 나왔다. 병사가 기계인형처럼 직립하고 힘차게 경례를 보
냈을 때 잠깐 고개를 들어 답례를 했지만 그뿐이었다. 장교 숙사
의 자신의 방으로 들어갈 때까지 분동을 달아 놓은 것처럼 머리가
하늘로 향하려고 하지 않았다. 만약 그가 한번이라도 그 무거운
머리를 들어 우울하게 저물어가는 서쪽 백두산맥의 산들 위에 피

같은 후광을 흘리며 기울어가는 태양을 올려다봤다면 그대로 엎드려 목 놓아 울었을지도 모른다. 그는 평소에도 국경의 큰 산들이 연달아 이어져 있는 곳으로 조용히 기울어가는 석양을 마주하면 자신도 모르게 눈물이 배어나왔다. 그러나 오늘 그는 스스로 '장엄한 외로움'이라고 칭하며 병영을 나오면 반드시 멈춰 서서 바라보는 석양을 떠올리고 있을 수 없었다.

"도대체 나는 어떻게 된 것일까?"

그는 자신의 방으로 들어가자마자 주머니 속 신문을 내던지고 같은 곳을 반복해서 읽었다.

그 스스로에게도 왜 이렇게 자신의 머리가 그 일에서 벗어날 수 없는지, 자신은 왜 이 사건에 이렇게도 이끌리는지 신기할 정도였다.

그가 이날 오전 연습을 마치고 해에 그을린 얼굴에 유달리 눈에 띄게 하얀 이마의 땀을 닦으면서 장교 집회소를 들여다봤을 때였다. 두세 명의 동료가 여느 때와 다르게 지방신문의 사회면 기사를 앞에 놓고,

"군인도 퇴역하면 비참하군."

이런 말을 새삼 주고받고 있었기 때문에 그도 무심히 동료들이

이야기하고 있는 잡보란을 들여다봤다. 순간 그는 쿵 하고 가슴을 얻어맞은 듯 그 자리에서 소리조차 낼 수 없었다. 그의 눈에는 「퇴역 중좌의 딸 투신하다」는 큰 활자가 자신을 쏘아보듯 날아 들어왔다. 그 활자로 방 안이 가득 찬 것처럼 느꼈다. 그리고 2단에 걸친 긴 기사를 읽으면서 몇 번이나 깊은 한숨을 쉬었는지 모른다. 그때마다 그는 자신이 흥분해 있는 것을 동료들에게 들킬까봐 그들의 얼굴색을 살폈다. 간신히 신문을 다 읽고 난 그의 눈에는 '퇴역 중좌의 딸 투신하다'는 활자가 들러붙어 그 외의 것은 보이지 않았다. 그는 남들 모르게 신문을 작게 접어 주머니에 구겨 넣었다. 오후 근무 중에 그는 병졸 한 사람 한 사람의 얼굴에서 '퇴역 중좌의 딸 투신하다'는 문자를 보는 것 같았다. 허리에 차고 있던 검을 번득이며 빼들자, 하얗게 빛나는 그 속에도 '퇴역 중좌의 딸 투신하다'는 큰 활자가 떠올랐다. 병영의 대지에도, 병영의 지붕에도, 그의 눈이 향하는 곳에는 이 큰 활자가 따라다녔다.

그는 지금 아무도 없는 자신의 방에서 얼마간 안정된 기분으로 신문 기사를 다시 읽을 수 있었다. 그리고 거기에 떠다니는 '퇴역 중좌의 딸 투신하다'는 차갑고 베어내 놓은 듯한 참혹한 표제어를 응시했다. 그는 솟구쳐 떠오르는 과거의 추억과 이 갑작스러운 사건에 달라붙은 비극에 대한 상상, 그리고 어제까지 아니 오늘 아침까지도 그의 가슴속에 잠재해 있던 공상의 비밀……. 그는 스스로 이를 '마음의 악마'라고 불렀다. 여기서 오는 가느다란 희망의 환멸, 그리고 억누를 수 없는 질투심 같은 것으로 머리가 어지러웠다. 독한 술이라도 마신 것처럼 고통과 달콤함과 절망을 느꼈다.

퇴역 중좌…… 이는 그의 아버지처럼 퇴역한 노 장교 아이즈(相津) 공병(工兵) 중좌를 말한다. 아직 조선반도가 독립국의 이름을 가지고 있었기 때문에 내란이 끊이지 않던 무렵의 일이었다. 강화도 해안에서 일본 배가 조선 포대로부터 야습을 받은 것이 원인이 되어 일본에서 군대를 보냈다. 그때 아이즈 중좌는 공사와 함께 반도에 상륙했다. 그리고 공사관 부무관(附武官)으로서 오랜 동안 반도와 일본 사이의 외교문제 절충에 임하는 공사 측에 아이즈 중좌의 엄격한 군복 모습이 얼마나 권위 있는 모습으로 생각됐을지는 말할 것도 없다.

그러나 아이즈 중좌는 그 후 반도의 수많은 참혹한 난리와 소요를 겪는 사이에 자신도 빛나는 군복을 벗고 한 사람의 시민이 되어야 할 때가 왔다고 느꼈다. 아직 이국의 수도였던 경성에 그때부터 살고 있던 일본인은 공사관의 무관실에서 나온 한 시민을 기쁘게 맞이했다. 그들은 이 사람을 붙잡아 두면 뭔가 이권이나 돈벌이 수단에 반드시 이용할 수 있을 거라고 생각했기 때문이다. 아이즈 중좌도 고향인 시즈오카(靜岡)의 시골로 돌아가 연금으로 여생을 마음 편히 마감하는 것을 생각하기에는 아직 젊기도 하고 야심도 너무 강했다. 그래서 사람들이 지난날에 뒤지지 않을 정도의 존경을 보여주며 맞이해준 것을 빌미로 경성에 머물기로 결심했다.

우선 경성 민단의 의장이라고 하는 명예로운 지위가 그에게 주어졌다. 그러나 사람들은 그를 떠받드는 것만으로 멈추지 않았다. 군복을 벗은 아이즈 중좌가 물 떠난 수영선수처럼 어수룩하고 세상 철모르는 것을 빌미로 여러 가지 문제나 사업 같은 일에 마음대로 이용하기 시작했다. 그런 일을 하고 있는 동안에 훈장이나 연금이 어느새 고리대금업자의 손에 넘어갔다. 아이즈 집안에는 지는 것을 싫어하는 뚱뚱한 부인과 일곱 명의 사랑하는 딸이 있었다. 그는 예전의 영화로웠던 시절을 떠올리며, 어디를 봐도 등을 돌리고 하얀 눈을 번득이고 있는 얄궂은 세상에 분한 눈물을 떨어뜨리고 있을 수밖에 없는 때가 온 것이다.

나는 여기서 아이즈 중좌의 생애를 이야기하려는 것은 아니다.

하타케나카 중위를 매우 놀라게 한 신문기사의 여주인공, 즉 내가 쓰려고 하는 기사의 여주인공이 이 아이즈 중좌의 여섯 번째 딸이 었다고 하는 것을 알아줬으면 한다.

2

그리고 나는 하타케나카 중위의 아버지인 육군 일등 주계정(主計正)[1]에 대해서도 아이즈 중좌와 구별해서 그 인격을 묘사할 뭔가 재료가 없는 것을 유감으로 생각한다. 다만 그는 이 반도의 주차(駐箚)[2] 군 사령부의 관리부장이라고 하는 영예로운 직무에 있던 인물로 5, 6년 전에 퇴관한 채 부하들이 애쓴 덕분에 군 사령부의 소재지인 용산에 약간의 토지를 불하 받아 농원 경영을 시작했다. 그런데 그뿐으로 여생을 보내기에는 지금까지의 영예로운 생활의 타성과 야심, 주위의 기대가 너무 지나치게 컸다. 높은 벽돌담 안에서 보고 있던 세상이라고 하는 것은 일단 의자에서 내려와 바라보면 모습이 완전히 달라진다. 일등 주계정의 은빛 견장을

---

1) 헌병대 사령관의 명을 받아 사령부 및 각 헌병대의 회계를 통할하거나 사무를 감독하는 임무를 담당하는 직책을 말함.
2) 외교 대표자로 외국에 관리가 직무상 주재함을 일컫는 말.

배경으로 본 하타케나카 경리부장도 평복으로 돌아와 농민 속으로 들어가니 편지도 제대로 못 쓰는 일개 농민과 별반 다를 바 없었다. 그래도 그 지역의 농민들은 옛날의 영예를 기념할 셈으로 쓸데없이 농회장(農會長)이라고 하는 명예직을 부여해 지난날의 존경을 지속하려 했다.

군인의 말로를 비슷하게 보여주는 아이즈 집안과 하타케나카 집안이 왕래하게 된 것은 이 두 사람의 퇴역장교가 어느 섬유회사의 창립에 관계한 것에서 시작되었다. 그 무렵 아이즈 중좌는 부인의 씩씩한 활동에 격려를 받아 어느 생명보험회사의 대리점을 인수해 그 회사의 대표이사까지 올라갔는데, 이번에는 실업계에 당당히 진을 칠 수 있는 때가 왔다고 손뼉을 치며 좋아했다. 방금 아이즈 중좌 부인의 씩씩한 활동이라고 말했는데, 이는 그런 말을 써도 과장해서 문자를 사용하는 사람이라고 누구 하나 얕보는 사람은 없을 것이다. 아이즈 중좌가 남산 마을의 초라한 주거 2층에 단정히 앉아 굶어 죽어도 중좌의 품격을 떨어뜨리는 일은 잊지 않겠다면서 유연히 담배연기를 천정에 뿜어내고 있을 때, 부인은 그 뚱뚱한 몸을 이끌고 시내로 나가 모든 지인들 앞에 엎드려 보험 권유를 하며 걸어 다니는 일이 많았다. 그녀는 전철 안에서도 길

한복판에서도 지인을 만나면 그 사람에게 말을 거는 것을 잊지 않았다. 그녀가 말을 건 사람들은 그녀의 집요한 행위에 대해 그녀를 위해 최소한 소개장을 써줄 정도의 노력은 아끼지 않았다.

침대 위에 신문을 내던진 하타케나카 중위는 저녁식사 때를 알리러 온 졸병이 깜짝 놀랄 정도로 창백해진 옆얼굴을 어슴푸레한 전등불에 비춘 채 언제까지나 테이블 위에 고개를 숙이고 있었다. 그때 일을 떠올리는 것은 그에게는 견딜 수 없는 고뇌였다. 그것도 그의 외로운 마음을 위로해줄 유일한 공상, 이른바 '마음의 악마'의 유혹에 항복해서 조금 맛볼 수 있는 달콤한 추억이라고 하면 아이즈 집안과 하타케나카 집안의 교제가 시작된 일 년 정도 사이에 얻은 어떤 신비한 기분……. 사랑이라고 하기에는 너무 막연한 본편의 여주인공 시나코(志那子)에 대한 어떤 감정이었다.

아이즈 중좌와 하타케나카 일등 주계정 등이 도모한 섬유회사는 두 사람이 공상한 만큼 한없이 전도가 유망한 것은 아니었다. 하타케나카 일등 주계정의 농원은 연금과 함께 언젠가 자본의 담보로 변하고 말았다. 아이즈 중좌 부인이 고심해서 얻은 아이즈 중좌의 신용도 회사를 계속해가려는 헛수고 때문에 다시 잃었다.

아이즈 중좌가 이 반도에 처음에 비행기라고 하는 것을 날려 사람들의 간담을 서늘하게 해주려고 한 과장된 계획을 세운 것도 이른바 이런 괴로운 현상을 한번에 빠져나가려고 한 마지막 시도에 지나지 않았다.

때마침 비행기를 용산의 연병장에 날리려고 한 날이었다. 용산에서 농회 총회가 열렸다. 그날 회장인 하타케나카 주계정은 아프다는 구실로 결석했다. 그리고 총회 석상에서 농회의 적립금 천수백 원이 회장의 독단으로 사용된 것이 발견되었다. 말할 것도 없이 그 돈은 섬유회사에 쏟아 부은 것이었다. 순박한 농민의 분노가 회장을 감옥에라도 보낼 것 같은 기세인 것도 무리는 아니다. 어디 그뿐인가. 아이즈 중좌가 일본에서 공수해온 야마하라(山原) 비행기는 조금도 대지에서 떨어질 수 없는 꼴불견을 연출하고 사람들의 분노와 조소 속에서 경성을 도망쳐 돌아갈 수밖에 없었다. 야마하라 중위의 이름으로 경성의 아무개 여관의 딸을 데리고 요릿집을 돌아다니며 술을 마시고 다니던 그 남자는 중위라는 것이 투기꾼의 간판에 지나지 않았던 것이다. 이 둘의 퇴역 군인의 집에 이러한 치명상이 일시에 온 것은 두 집안에 슬픈 고랑을 만드는 원인이 되었다.

그러나 하타케나카 중위의 마음에 들어와 머리 전체를 점령하고 있는 것은 시나코였다. 밝은 아니 차갑게 생각될 정도로 맑은 얼굴, 가늘고 젖어 있는 가운데 반짝이는 검은 눈동자, 소녀다운 순진한 입매. 이런 모습들이 그의 가슴속에 매우 강하게 새겨진 것은 오히려 두 집안의 교제가 멀어지기 시작한 이후의 일이었다. 좀 더 적절히 말하자면 시나코가 불과 열일곱의 청초한 몸을 정미소의 방탕한 아들에게 유린당한 때부터였다. 그에게는 그것이 정당한 결혼이라고는 아무리 생각해도 인정할 수 없었다. 그래서 그는 언제나 '유린'이라는 말로 그 결혼을 정리해버렸다.

3

아이즈 집안의 영애들도 네 명까지는 중좌 부부의 자부심을 상처내지 않을 수준의 내지의 가정으로 시집갔지만, 시나코는 여학교도 4학년으로 퇴학할 수밖에 없었다. 뿐만 아니라 그 해에 아이즈 중좌 부인은 한 집안의 몰락을 눈앞에서 보면서 이 세상을 하직했다. 그 무렵 그녀는 남대문역 철망 격자 안에 앉아 표를 팔아 가계를 돕고 있었다. 그리고 이 반도가 일본에 병합되어 5주년 기넘 공진회라고 하는 것이 열렸을 때에는 그녀는 철도관(鐵道館)의 여자 간수가 되기도 했다. 그리고 이듬해 그녀 바로 위의 언니가 전당포로 시집가고 나서 곧 그녀도 산촌(山村)이라고 하는 정미소의 신부가 된 것이다.

하타케나카 중위가 그 결혼을 '유린'이라고 말한 것도 무리는 아니다. 시나코는 아이즈 중좌의 채권자들 손에 약탈당하다시피 산촌 집으로 보내졌으니까……. 산촌은 정미소야? 그 녀석 마누라는 유녀 아냐? 아내의 남동생을 집에 들여 양자로 삼았다고 하니까, 시나코 씨의 남편은 유녀의 남동생인 셈이지. 아이즈 중좌도 그런 곳에 딸을 시집보내다니 늙어빠진 노인네 같으니라구……. 하타케나카 중위는 아버지에게 이런 말을 들었을 때 뭔가 자신이 하지 않으면 안 될 중요한 사명을 다하고 있는 것 같은 격한 고민을 느꼈다. 그러나 이런 그의 아버지도 지금은 그에게 매달 돈을 조금씩 받아 마을 안쪽 공동주택 한쪽 구석의 오두막집 같은 곳에서 초라한 생활을 보내고 있다. 그는 그로부터 곧 이 국경 근처의 여단(旅團) 주재지로 흘러들어왔기 때문에 시나코의 소식에 대해서는 듣지 못한 것이다.

다만 그 후 아이즈 중좌가 경성을 떠나 어딘가로 모습을 감췄다고 하는 소문만 여행객의 입을 통해 그의 귀에까지 전해졌다.

"그의 방탕한 아들이 그녀를 사랑했다고 하는데, 사랑, 사랑, 사랑이라는 글자를 이런 곳에 쓰는 게 말이 되냐 말야."

그는 신문 기사를 한 줄 한 줄 반복해서 읽고는 마음 둘 데 없는 자기 자신에 대한 분노가 폭발했다. 거기에는 시나코의 남편이라고 하는 스물세 살의 희멀건데다 간들거리는 청년이 무지한 얼굴로 유녀나 창녀 같은 여자 앞에 찰싹 달라붙어 교태를 부리고 있는 모습이 밉살스럽게 떠올랐다. 그 청년은 유녀 포주집 현관에서 교활한 얼굴의 주부로부터 쌀 주문을 받기도 했다. 화장독이 있는 유녀 출신 시어머니가 남편이 늦게 귀가하는 것을 참지 못하고 시나코를 때린다든가, 술에 취해 돌아온 방탕한 아들이 작아진 시나코를 갑자기 발로 찼다든가 하는 일이 싸구려 신파 비극의 활동사진이라도 보는 것처럼 그의 눈앞에서 차례차례 나타났다. 지금까지 몹시 그녀를 괴롭히며 들볶던 부자(父子)가 활동사진을 보러 나간 뒤에 시나코가 아이를 들쳐 업고 추운 동네를 풀이 죽어 돌아다니는 것을 보고, 그는 말할 수 없는 참담한 기분이 들었다. 시나코의 등에 둥근 머리를 대고 있던 아이의 환영이 그에게 질투심을 느끼게 했다.

이때 그는 문득 시나코가 집을 나갔을 때가 마침 도읍지의 큰 건물이 해로 물든 무렵과 같은 시각이라는 것을 알아차렸다. 그는 궁지에 몰린 기분에 그런 일이 떠올랐기 때문에 잠시 이상한 기분이 들었지만, 붉은 연기가 피어오르는 하늘을 올려다보고 경성 쪽을 향해 시나코가 돌아서서 눈물을 흘렸다느니, 전철 안에서 등에 업은 아기가 울음을 멈추지 않아 어쩔 줄 몰라 했다는 이야기를 듣고 실제로 자신이 본 것처럼 눈앞에 떠올려 봤다.

"부모를 위해서라든가, 집안 사정이라든가 정말 말도 안 돼."

그는 신문기자가 조심성 없이 갈겨 쓴 문자에 대해서도 분노를 금할 수 없었다……. 한강의 새로운 다리 위에 서리 맞은 시나코의 신발이 인간의 딱한 생활을 저주하고 비웃고 있는 것처럼 쓸쓸이 놓여 있었다……고 쓴 마지막 문장을 그는 암담할 정도로 반복해서 읽었다. 그는 이 몇 줄의 글자 속에서 과연 시나코가 죽은 것인지, 아니면 어딘가에 아직 살아 있는 것인지 직관적으로 살펴보았다. 그로부터 벌써 일주일이나 지나지 않았는가. 그런데 시체가 떠오르지 않는 것은 그녀가 죽지 않았다는 증거이다. 죽었을리가 없다. 죽었을 리가 없어. 그녀는 그런 약한 사람이 아니다.

이런 생각이 들자 그는 오랜 동안의 자책감에서 자신을 구할 때가
온 것 같은 기분이 들어 곧바로 의자에서 일어났다.

'그래, 내가 미뤄온 사명을 다할 때가 온 거야.'

이렇게 마음속으로 외치고 주먹을 불끈 쥐었다. 그렇지만 그녀
는 집을 나갈 때 시어머니로부터 십오 전(錢)밖에 받지 못했다…
…. 그런 생각이 들자 다시 이번에는 그렇기 때문에 시나코가 아
무래도 죽은 것처럼 느껴져 그는 다시 테이블 위에 푹 엎드리고
있을 수밖에 없었다.

소등을 알리는 나팔소리가 말라붙은 차가운 하늘에 울려 퍼졌
다. 이런 시간이 되면 산간에 새롭게 개척한 마을은 인적도 끊어
져 아무 소리도 들리지 않는다. 그리고 아무리 시간이 지나도 하
타케나카 중위의 방은 불이 꺼지지 않았다.

『朝鮮及滿洲』, 1917.12.

‖ 창작 ‖

조선의 안쪽까지

●

다카기 산타로(多加木三太郎)

1

    도쿄를 떠날 때 기무라 우마키치(木村馬吉)는 아무런 느낌도 일지 않았다. 슬프다든가 아쉽다든가 그런 느낌은 전혀 일지 않았다. 극히 평범했다.

    어쨌든 한 번은 올 일이다. 올 수밖에 없었다. 하지만 언제 올 수 있을지는 몰랐다. 어쩌면 이대로 영원히 이별이 될지도 모른다. 그러나 전혀 그런 느낌은 일지 않았다. 요도바시(淀橋)에 있는 시의회 회원 아들인 후쿠야마(福山)와, 게이오(慶應)대학의 이재과(理財科)에 있는 하시구치(橋口), 그리고 메이지(明治)대학의 나베야마(鍋山), 우마키치의 동급생인 두세 명이 어슬렁어슬렁 나막신을 끌며 기차 차창 밖에서 "어이~" 하고 소리쳤다. 그리고 기차 안에 하시구치의 얼굴이 쑥 하고 나타났다.

서생이 나막신을 달그락달그락 내는 소리가 우마키치가 타고 있는 객실 가까이 다가오다 갑자기 멈췄을 때, 기차 객실 안에 "어이~" 하는 소리가 맑게 들렸다. 그 소리에 우마키치가 돌아보니 하시구치가 벌써 얼굴을 객차 안에 내밀고 있었다. 쑥 내민 얼굴이 웃고 있었다. 우마키치도 얼굴 가득 애교로 답했다. 그리고 일어서 창밖으로 고개를 내밀었다.

"아직 시간 있나?"

한 친구가 우마키치에게 물었다.

"응, 있어."

"그럼 밖으로 나오게나."

"그래, 나가는 것도 좋지."

빙긋 웃어 보였지만, 나가려는 기색은 보이지 않는다.

"선물 줄까?" 또 한 친구가 말했다.

"받아주지." 우마키치가 대답하자,

"조선에는 어디까지 가나?" 하고 물었다.

"내년에는 꼭 돌아오게."

"조선의 정황을 알려주게."

이런 말들에 우마키치는 일일이 고개를 끄덕였다. 결국 발차 직전에 신문지에 싸서 대충 묶은 큰 꾸러미를 통 하고 창문으로 던져주었다. 아직 기차가 출발하지 않았는데 조금 전 올 때와 마찬가지로 나막신을 달그락달그락 울리며 돌아갔다. 우마키치는 역시 빙긋 웃으면서 친구들과 이별했다.

기차가 움직이기 시작했다. 우마키치는 어떠한 감흥도 일지 않았다.

여행 도중에는 딱히 특별한 일은 없었다. 후지산(富士山)이 오른편으로 보일 무렵에는 완전히 캄캄했다. 동이 텄다. 이튿날 밤에 시모노세키(下關)에 도착했다. 누나가 정류장에서 미소를 지은 채 잠자코 기다리고 있었다. 뭐라고 한 마디도 하지 않았다. 우마키치도 입을 다문 채 작은 걸음걸이로 누나 뒤를 따라갔다. 누나 뒤를 따르면서 뒷모습을 바라보며 생각했다.

'꽤 몸집이 작군.'

과연 이 정도니까 형제 중에서도 가장 작지, 하고 새삼 감탄했다. 감탄하면서도 어쩌다 우리 같은 보통 이상의 형제 중에 이렇게 작은 인간이 생긴 것인지 생각해봤다. 아버지도 크고 어머니도 작지는 않다. 유전, 유전이라고들 잘도 말하지만 이건 왜 그런지 생각해봤다.

우마키치는 어릴 때부터 이 누나를 좋아했는데, 귀여움을 받았기 때문에 좋아하는 것은 아닌 듯하다. 누나 말고도 귀여워해주는 사람은 꽤 있다. 우선, 아주 어렸을 때 길러준 백모가 있다. 그리고 큰누나가 있다. 그리고 철이 들 무렵 집에 있던 하녀 한 명이 있다. 아직 도쿄로 나오기 전인 열서너 살 무렵, 형을 마중하러 요릿집에 갔을 때 거기에 한 젊고 아름다운 여자가 있었다. 게다가 자신을 매우 귀여워해줬다. 그 여자는 어떻게 지내고 있을까 생각했다. 그리고 아직도 그밖에 많이 있다. 귀여워해줬기 때문에 좋아졌다면, 이 누나는 그다지 좋아하지 않았을 것이다. 무슨 연유로 좋아졌을까. 누나가 여학교를 졸업하고 고등학교를 간다느니 안 간다느니 하면서 부모와 싸워 종국에는 자기 멋대로 마침내 학교에 들어가 버렸다. 이런 일이 학교에 별로 다니지 않은 다른 누나들과 비교해 훌륭해서, 그래서 좋아하는 것인지 우마키치는 알 수 없었다. 잘 모르면서도 그는 역시 계속해서 생각했다. 이런 생각을 하면서 누나 뒤를 종종걸음으로 따라갔다.

모퉁이가 나오자, "이쪽이야" 하고 누나가 처음으로 입을 열었다. 모퉁이를 돌자 몹시 더럽고 비좁은 길가의 집이 초라하게 보였다. 그곳을 통과하자 지대가 높아졌다.

오른편으로 해협이 검게 보였다. 수많은 기선 기둥에 반짝이는 붉은색과 청색 등불, 그리고 바다 건너편에 어슴푸레한 가운데 시가지가 일루미네이션처럼 몽롱한 안개 속에 떠 있었다.

"여기야."

누나가 멈춰 섰다. 거기에는 왼쪽의 해협과 마주보고 단층집 한 채가 있었다. 그 앞에 우마키치도 멈춰 섰다. 가스등에 교다 산페이(行田三平)라고 적혀 있었다. 산페이라는 글자를 보고 우마키치는 거무스름한 얼굴에 시종 빙긋이 웃고 있는 부드러운 매형의 얼굴이 떠올랐다. 그리고 검고 둥근 얼굴에 새카만 수염을 기르고, 짧게 잘랐지만 색깔이 진한데다 널찍하고 덥수룩한 모습에 잘못하면 수염이 얼굴 가득 덮을 것 같이 생각되었다.

누나가 막 현관 유리창을 열고 장지문을 열었을 때, 문 사이로 매형의 얼굴이 쑥 하고 나타났다. 우마키치는 꾸벅하고 고개를 숙여 인사했다.

"여보, 이번에 동생이 조선에 간다고 하네요"

"그렇군."

"앞으로 계속 조선에 있을 건가?"

"그러겠죠." 남의 일처럼 대답했다.

이튿날 아침, 차를 타고 연락선에 올랐다. 현해탄의 파도도 화창한 날씨 탓인지 고요했다. 삼등실에 가보니 선원이 나니와부시

(浪花節)[1]를 읊조리고 있었다. 손님은 대부분 노래를 들으면서 자고 있었다.

때는 5월이다. 창문을 열어도 바람이 창문에 불고 있을 뿐, 실내에는 들어오지 않아 무더운 더위가 가득했다. 하얀 속옷 한 장만 걸치고 곰방대를 물고 있는 사람도 있었다.

배가 부산에 도착했을 무렵, 벌써 제법 어둑해져 있었다.

배에서 내리자 펑톈(奉天) 행 열차가 부두에서 기다리고 있었다. 사람들이 앞을 다투어 올라탔다. 길가의 풍경이 어두워 잘 보이지 않았다. 작은 집처럼 보이는 역이 몇 개나 있었다. 관솔불을 피워 어둠을 밝히고 있었다.

기차가 대구 주변을 지나갈 무렵, 연일 계속된 여행에 지쳐 약해질 대로 약해져 잠에 골아 떨어졌다. 이윽고 동녘이 밝아왔다. 비로소 조선다운 풍경이 차례차례 펼쳐졌다. 급행인데도 역이 나올 때마다 모두 멈춰 섰다. 기차가 멈췄을 때 백의를 입은 조선인이 우르르 들어왔다. 어느 역에서도 모두 조선인 승객뿐이다. 지금부터는 조선인만 보겠구나 하는 생각이 들었다. 해가 뜨자 차 안이 밝아졌다. 지금까지는 그렇지도 않았는데 차 안의 공기가 이상한 냄새로 휘저어 놓은 듯 코를 찔렀다. 조선인은 냄새가 나지

---

1) 샤미센 반주에 곡조를 붙여서 만든 일본의 대중적인 노래.

않는다고 생각하는 것 같았다. 그런데 우마키치에게 그 냄새는 감각을 일깨워 좋지 않은 느낌을 유발했다. 우마키치는 이맛살을 찌푸렸다. 정말이다. 이런 감정을 가지고 어떻게 친숙해질 수 있단 말인가. 그러나 그는 스스로 이를 부정했다. 그리고 이렇게 생각했다. 저들은 공덕심(公德心)이 없다. 위생 지식이 없다. 이 정도의 말로는 그리 대단한 느낌이 일지 않을 것이다. 이상한 냄새가 가슴을 찌르고 담배연기가 흩날렸다. 입고 있는 옷도 다르고 게다가 더러웠다. 주변을 신경 쓰지 않고 큰소리를 내 시끌벅적하고, 게다가 장소를 가리지 않고 침을 뱉는다. 이런 인간이 바람직한가? 그리고 친해질 수 있을까?

'더러운 건 더러운 거야.' 우마키치는 생각했다. '더러운 것을 보고 더럽다고 느끼지 말라고 말할 수 있는가.' '그리고 더러운 느낌을 싫어하지 말라고 말할 수 있는가.'

'그러나', 그는 또 생각했다. '더러운 것을 보고 더럽다고 느끼는 동시에 불쌍하다고 하는 일종의 애정 감정을 일으키지는 않을까?'

'애정의 감정은 모든 감정을 없애버리는 힘이 있는 것이 아닐까?'

만약 그렇지 않다면, 조선을 압제적으로 통치하지 않을 거라면 그들에 대해 불결한 느낌 대신에 연민을 가지고 대해 불결한 느낌이 일어나지 않도록 주의해야 할 것이다. 모든 역사는 모두 감정에 의해 생기는 것이다. 감정은 이처럼 가벼운 문제가 아니다. 아일랜드에서 셀트족과 앵글로색슨족이 오랜 기간에 걸쳐 투쟁했다. 같은 섬의 북(北) 얼스터(Ulster)에 사는 사람조차 여전히 서로 반목하고 있지 않은가. 이는 무슨 연유인가. 모든 것이 감정이 아닐까.

태양이 내리쬐는 5월의 평야 가운데를 기차가 곧장 달렸다.

신록으로 물든 둥글고 단조로운 산들. 곳곳에 산등성이 뒤로 낮은 초가가 엉성히 부락을 형성하고 있었다.

경성에 도착하자 오기무라(小城村)라고 하는 문학자가 그를 마중 나와 있었다.

우마키치는 매일 한가하게 노닐었다.

7월 초이다. 오기무라 씨는 우마키치를 불러 물었다.

"함경남도 산속에 가보지 않겠소?"

"좋습니다."

이렇게 대답하자, "정말로 가줄 거요?" 하고 묻고는 벌써부터 떠날 기색이다.

이야기를 들어보니 우마키치가 아무리 한가로이 놀고 있다고는 해도 내지인이 있는지 없는지도 모르는 산속 깊은 곳으로 가는 것은 필시 주저할 거라고 오기무라 씨는 생각했던 것이다. 우마키치도 자신이 이렇게 깊은 산속으로 가게 된다는 사실을 나중에 알았다. 아는 사람에게 부탁을 받는데, 요컨대 함경남도 어느 산속에 이번에 막 보통학교가 된 학교가 있어서 교장 선생님이 될 사람이니까 조선의 시골이 어떤 곳인지 알아볼 셈으로 가보면 좋겠다는 청을 들은 것이다.

"내지인이 적긴 하지만 주재소도 있고 우체국도 있소이다. 내지인 여관 등도 있고, 그 외 상점도 대여섯 군데가 있으니 그리 외롭지는 않을 거요" 하고 오기무라 씨가 덧붙였다. 갈 때는 어디어디를 들러 군수를 만나야하니까 경로는 이렇게 가면 좋겠다고 말했다. 우마키치는 아직 어디가 어딘지 모르는데 그가 혼자서 떠들어댔다.

우마키치는 머릿속에서 조선의 지도를 펼쳐봤는데, 모르는 지명 투성이가 오기무라 씨의 입에서 흘러나와 귀찮아져 생각하는 것도 그만 두었다. 그리고 오기무라 씨가 말하는 것은 무엇이든 대충 대꾸하면서 듣고 있었다.

그로부터 이삼일 지나 오기무라 씨가 다시 우마키치를 불렀다. 이번에는 여비도 생겼다고 하면서 언제 출발할지 물었다.

"언제라도 좋습니다."

"그렇다면 내일 출발하면 원산이 배편도 좋으니까 그렇게 하죠."

우마키치는 고개를 끄덕였다.

우마키치는 원산에 도착해서 자신이 타고 갈 배를 보고 깜짝 놀랐다. 그건 시모노세키에서 부산의 부두로 태우고 온 연락선과는 전혀 비교도 안 될 정도로 빈약했다. 그도 그럴 것이 이 배에 대해 미리 마음속으로 예상했거나 혹은 기대한 것은 결코 아니지만, 생각지도 못한 작은 기선을 보고 질린 듯 발길이 멈춰버렸다. 그래도 하는 수 없었다.

파도는 부드러웠다. 한여름 태양은 해면을 반짝반짝 내리쬐고 있었다. 바다 색깔이 검푸른데다 태양이 비추는 색채가 마치 마녀의 눈동자 같았다.

배가 출발한 것은 밤 10시였다. 달이 밤하늘에 걸려 있었다. 원산 시가지도 뒤로 보이는 산들도, 그리고 항구도 창백하고 어슴푸레 보였다.

승객은 헤아릴 수 있을 정도밖에 없었다. 그는 마음이 편안했다. 배는 은빛 비늘을 차내며 나아갔다. 조금의 흔들림조차 없다.

다음 날 아침이 밝아오자 배는 어느 작은 항구에 도착했다. 거기서 두세 명의 승객이 내리고 대신 두세 명의 승객이 탔다. 곧 배가 다시 항구를 출발했다.

하늘은 맑고 푸르게 개어 있었다. 배는 연안 가까이 돌아서 항행했다. 따뜻하고 시원한 해풍이 뺨을 스치고 지나갔다. 승객 대부분은 갑판에 올라 잠을 깨고 있었다. 누구라도 갑판에 오르면 기분이 맑아지는 얼굴이었다. 왼쪽으로 가까이 보이는 땅의 기암 사이로 녹음이 울창한 소나무가 보였다. 그리고 어떤 곳은 섬이 점점이 보였다.

사흘째 아침, 배는 우마키치가 내리는 항구로 들어갔다. 배가 항구 안에 멈추자 작은 두세 척의 일본배가 부두 가까이에 댔다. 이 기선에 탄 승객이 열 명 남짓 보였다. 승객이 기선으로 올라타자 이번에는 우마키치와 그 밖에 대여섯 명의 승객이 일본배로 갈아탔다. 곧 배는 육지를 향해 나아갔다.

우마키치가 탄 기선은 출발할 때 깜짝 놀랄 정도로 작았다. 그러나 항해 중에는 아무런 일도 일어나지 않았다. 기선은 우마키치가 이곳의 여관방으로 들어갈 무렵 기적을 울리면서 항구를 출발했다. 우마키치는 창가에 가서 떠나는 배를 배웅했다. 여관 2층에서는 바다가 한눈에 펼쳐졌다.

다음날 아직 해도 뜨지 않은 어스름한 때에 우마키치는 말을 탔다. 말은 조선의 말이었다. 목에 많이 매달아놓은 방울이 짤랑 짤랑 울렸다. 마부가 고삐를 쥐었다.

드디어 이제부터 산속 깊은 곳으로 들어간다는 생각이 들었다. 이틀 일정으로 험준한 17리(里)[2] 길이다. 일전에 오기무라 씨가 해준 설명이 머리에 떠올랐다. 떠오름과 동시에 통과하게 될 곳이 어떤 속인지 마음이 쓰였다. 그때 잘 들어놨으면 좋았을 걸 하는 생각이 들었다. 마부에게 모든 것을 맡기고 따라가는 것만으로는 불안했다. 우마키치는 조금 후회했다. 그래도 이 후회는 가는 도중의 풍경이 조선답지 않아서인지 어딘가로 사라져버리는 것 같았다. 나아갈수록 전망이 다양하게 펼쳐졌다. 어떤 곳은 양쪽으로 산과 산이 하늘을 찌를 듯이 솟아 있었다. 또 어떤 곳은 울창한 깊은 산이 길을 막아선 것처럼 보였다. 이런 산은 이튿날 길을 갈 때 더욱 짙어졌다. 해발 몇 천 척이나 될 것 같은 산이 길 앞에 기다리고 있었다. 그럴 때 우마키치는 마부에게 자주 말을 걸었다.

"저 산을 넘는 것이오?"

"그렇습니다."

일본어가 불안정했다. 우마키치는 실망했다. 저 산을 넘으면 상당히 깊은 산속이라는 생각이 들었다. 지금까지 몇 개의 산을 넘

---

2) 거리를 나타내는 단위로, 1리는 약 4km임.

었는지 몰랐다. 모르지만 상당히 많은 산들을 지나온 듯한 기분이 들었다. 길은 양의 창자처럼 굽어 있었다. 길이 있는 곳에는 반드시 계류가 있다. 기암절벽이 가로놓인 밑을 빠져나오거나 위를 뛰어 넘으니 맑은 물이 흐르고 있었다. 어떤 곳은 콸콸 흐르고, 또 어떤 곳은 굉장히 깊은 절벽이 눈에 들어왔다.

그리고 깊은 산이 가는 곳마다 둘러싸고 있었다. 우마키치는 "호랑이가 나오나?" 하고 물었다. 마부는 나온다고 대답했다. "낮에도 나오나?" 물으니, 낮에는 도망간다고 대답했다. 조선의 호랑이는 약하다는 생각이 들었다. 낮이 되자 이윽고 높은 산 정상에 올랐다. 말에서 내려 담배 한 대를 물었다. 그리고 사방을 내려다봤다. 주변의 비석에 마천령(摩天嶺)이라고 새겨 있었다. 함경남북의 분기점이다. 마천령. 굉장한 이름이다.

사방의 산들이 서로 이어져 있고 발밑이 매우 낮게 보였다. 나 홀로 시끄러운 세상을 빠져나와 초연히 속세를 눈 아래에 내려다보고 있는 느낌이었다.

이튿날 오후가 되자 길은 모두 내리막이었다. 작은 부락에 도착하자 마중 나온 사람들이 있었다. 그들은 뭔가 우마키치가 알아들을 수 없는 말로 노래를 합창했다. 노랫가락은 일본의 창가와 비슷했다. 목소리가 산중에 메아리치며 멀리 떨어진 우마키치의 귀까지 들렸다.

"뭔가?"

마부에게 물으니 들린 건지 안 들린 건지 대답이 없다. 가까워지면서 목소리가 더욱 커졌다. 리듬은 거의 일본의 창가인데 노랫말은 일본어가 아닌 것이 명료했다. 그 노래는 일본의 창가를 가사만 바꿔 부른 것이었다.

창가가 갑자기 멈췄다. 말이 점차 가까이 다가왔다. 얼마 안 있어 두 명의 남자가 길옆의 포플러 나무 그늘에서 불쑥 나타났다. 두 사람 모두 조선옷을 입고 있었다. 한 사람은 마흔 가까워 보이는데, 턱수염을 길고 옅게 길렀다. 우마키치 옆으로 가까이 와서 멈추고는 마부와 두세 마디 말을 주고받았다. 그리고 곧 말 위의 우마키치를 올려다보며 물었다.

"기무라 선생님입니까?"

매우 명료한 일본어이다. 우마키치는 말에서 내리며 대답했다.

"그렇습니다."

그러자 그 남자가 말했다.

"학생들을 데리고 마중 나왔습니다."

그리고는 덧붙였다.

"저는 이런 사람입니다."

명함을 내밀면서 정중히 인사했다.

건너편을 보니 이열 횡대로 학생들이 일제히 우마키치 쪽을 보고 있었다. 우마키치와 수염을 기른 선생님이 학생들 앞으로 나갔다. 또 한 명의 선생님은 머리를 7대 3으로 나눈 하이칼라 분위기의 젊은 남자였다.

"차렷, 경례" 하고 호령했다. 학생들은 상당히 익숙해있는 분위기였다. 모두 일제히 양팔을 양 겨드랑이에 바싹 붙였다. 역시 수염을 기른 선생님처럼 직각으로 인사를 하고, 이번에는 몸을 젖힌 채 부동자세를 취했다.

학생들 중에는 우마키치보다 나이가 많거나 우마키치보다 키가 큰 사람도 많이 있었다. 수염을 기른 선생님은 우마키치에게 뭔가 이야기해달라고 속삭였다.

우마키치는 왠지 낯간지러운 느낌이 들었다.

조선 천지에 자신만이 뛰어나다. 아무도 자신과 비교할 자는 없다. 학생들은 새로 온 선생님에 대해 경의와 기대감을 가지고 눈동자를 반짝이고 있었다. 그것만으로도 낯간지러웠다.

작년 10월이었던가, 우마키치가 아직 도쿄에 있을 때 학교 웅변대회나 노사문제에 심취해 연단에 섰을 때 이런 낯간지러운 느낌이 일지는 않았다. 아무튼 그때는 열심이었다. 열심히 해야겠다는 의식 하에 하는 건데, 그때는 열중해 있어서 그런 의식 따위는 어디에도 없었다. 하지만 역시 자중해서 해야 한다는 생각이 의식적으로 필요했다. 마음이 그런 필요한 쪽으로 향했다. 마음을 비우고 편한 기분으로 해내지는 못했다. 지금은 어떨까? 적잖이 낯간지럽다. 낯간지러워도 나쁜 기분은 들지 않는다.

우마키치는 잠시 자세를 가다듬고 말했다.

"저는 기무라 우마키치라고 합니다."

그러나 말이 끝나자 학생들이 일본어를 이해하지 못한 것은 아닌지 궁금해졌다. 그래서 옆에 있던 수염 기른 선생님께 물어봤다.

"일본어를 알아듣습니까?"

선생님이 말했다.

"네, 알아듣습니다."

"저는 이번에 여러분 학교에서 여러분과 함께 공부하기 위해 왔습니다."

우마키치는 잠자코 있었다. 그는 학생들이 자신이 한 말을 알아들은 것인지 생각하고 있었다. 아무리 수염 기른 선생님이 알아듣는다고 말했지만 왠지 알아듣지 못하는 것처럼 느껴졌다. 알아듣지 못하는 사람에게 알아들을 수 없는 말을 한들 무슨 소용이 있겠는가. 그는 단숨에 말해버렸다.

"여러분, 앞으로 같이 공부합시다" 하고 말한 다음,

"먼 길을 마중 나와 줘서 정말로 감사합니다"라고 마무리했다.

극히 간단했다. 우마키치는 이렇게 말을 하고 나서 자신의 얼굴

이 붉어지는 것을 느꼈다. 무슨 이유인지 자신도 알 수 없었다.

갈 길이 아직 3리나 남아 있었다.

『朝鮮及滿洲』, 1923.4.

‖ 창작 ‖

조선의 안쪽에서 2

●

다카기 산타로(多加木三太郎)

젊은 하이칼라의 조선인 선생님이 일렬로 줄 선 학생들을 데리
고 전진하기 시작했다. 우마키치는 수염 기른 선생님과 이야기하
면서 뒤따라갔다.

　그리고 또 몇 개인가 산이 나왔다. 길이 더욱 가파르고 험해져
어떤 곳은 기어오르듯이 지나고 또 어떤 곳은 계곡물이 흘러 길을
막고 있었다. 광산을 마구 파낸 흔적이 있었다. 물이 마른 강에 돌
이 드러난 들판도 있었다. 거기에는 사금을 파낸 흔적이 보였다.
손닿는 대로 불규칙적으로 여기저기 캐내서 강 길을 어지럽혀 놓
았다.

　"저 산을 넘으면 학교가 보입니다."

　수염 기른 선생님이 말했다. 그가 가리키는 쪽에는 끝없이 산들

이 면면히 이어지고 있었다. 그 중간에 석양에 빛나는 적토의 언덕이 보인다.

"저 붉은 언덕입니까?" 우마키치가 물었다.

그곳을 오르자 부락이 보였다. 사방이 전부 하늘로 치솟은 산으로 둘러싸여 마치 절구 모양으로 보였다. 바닥 쪽으로는 백 채 정도의 소박하고 처마가 낮은 초가집이 매우 난잡하게 늘어서 있었다.

멀리 건너편 산허리에 흡사 여기 부락 전체를 내려다보고 있는 것처럼 하얀 담장의 일본 건물이 세 채 정도 보였다. 거기는 주재소라고 말해줬다. 그 아래쪽에 지나(支那)1) 양식의 2층짜리 건물이 있다. 바로 우마키치가 가려는 학교이다. 붉은 담 색깔이 석양에 빛나고 있었다. 그리고 이 부락 중앙에 흰색 깃발을 내건 함석으로 둘러친 건물이 보였다. 우체국이라고 한다. 그 외에는 달리볼 만한 것은 아무것도 없었다. 사방을 둘러싼 하늘에 치솟은 산과 채소를 심어놓은 밭이 조금 있을 뿐이다.

적토의 언덕을 통과해 내리막길이 되자 학생들이 각자 뛰기 시작했다. 부락이 가까워지자 많은 사람들이 마중 나와 있었다. 대부분이 조선인으로 내지인이라고 하면 주재소 순사 네다섯 명과

---

1) '지나'는 중국을 비하해 칭하는 말인데, 1920년대의 시대적인 분위기를 나타내는 표현이기 때문에 그대로 번역했음.

우체국 소장, 그리고 여관과 잡화점 주인 정도였다.

우마키치는 그날 밤 한 채밖에 없는 여관에서 피곤을 풀 틈도 없이 초대를 받았다. 내지인의 얼굴이 일고여덟 명 보였다. 이들이 여기에 있는 사람들 전부라고 한다. 조선인 쪽은 면장을 비롯해 여기 학교가 사립이었던 당시의 소유자, 그 외에 지역 유지들, 그리고 학부형들이 모여 있었다. 모두 서른 명 정도의 사람들이 좁고 긴 온돌방에 비좁게 모여 고구마로 만든 강렬한 소주에 눈동자와 얼굴을 불태우고 있었다. 사람들은 번갈아가며 우마키치에게 술잔을 건넸다. 계속해서 인사를 주고받고 조선어와 내지어가 섞이면서 매우 시끄러웠다. 담배 연기와 사람들이 내뿜는 열기가 방 안에 가득했다.

이 부락은 해발 천 척(尺)의 고지에 있어서 인가가 불과 백 채 정도밖에 없는 벽촌이다. 인구는 오백 명도 채 되지 않는다. 내지인은 남자가 8명, 그리고 여자가 4명 있을 뿐이다. 주민의 많은 사람들은 생산업에 익숙한 사람이 없고 농가가 오륙십 호 있고 네다섯 호의 상가가 있을 뿐으로, 그 외는 모두 음식점을 경영하고 있다. 따라서 풍기를 문란하게 하는 것은 말할 것도 없다.

이튿날 우마키치는 학교에 잠깐 얼굴을 내밀어 인사하고 전날 밤 초대해준 사람들에게 돌아가며 인사를 한 다음 여관방으로 돌아왔다. 그는 오늘 하루를 누워서 여행의 피로를 풀고 싶었다. 그런데 점심 지나 학교 선생님과 우체국 소장, 주재소 순사 등이 잇따라 찾아와 조금도 쉴 수가 없었다.

그러나 이들 손님도 저녁 무렵에 모두 돌아갔다.

목욕을 하고 저녁식사를 마친 뒤 우마키치는 우두커니 책상 앞에 앉았다.

멍하니 앉아 있으니 비로소 자신이 이 땅에 여행을 왔다는 생각이 들었다. 이 생각은 그를 외롭게 만들어 버렸다. 그리고 이 부락이 의외로 쓸쓸한 곳이라는 생각이 들자, 이 쓸쓸함이 한층 또 하나의 쓸쓸함을 만드는 듯한 기분이 드는 것이다.

원래 우마키치는 외로움을 즐기는 인간이다. 그러나 그 외로움은 오래 지속되는 것이어서는 안 되는 모양이다. 그리고 또한 이 외로움 속에는 자기 위안이 되는 뭔가가 없으면 안 되는 모양이다. 아무런 위안 없는 끝없는 외로움은 그가 원하는 바가 아닌 것 같았다. 무한한 간난(艱難)을 골고루 느끼면서 끝없는 애수의 광야에서 광야를 지나 인생의 적요함 속에 신음하며 의지할 곳 없는 부초처럼 덧없는 외로움을 좇아 돌아다니며 방황하는 방랑자가 즐기는 외로움을 그는 견뎌낼 수 없었다.

우마키치가 문학박사 오기무라(小城村) 씨의 이야기를 듣고 주저하지 않고 여기로 올 것을 승낙한 것도 그에게 이런 부분의 성정이 있었기 때문이다.

그는 오기무라 씨의 이야기를 듣고 외로움을 느끼면서 그 외로움 속에 자기 위안을 기저에 두고 다양하게 공상을 그렸다. 이는 오기무라 씨가 산중에 가볼 것을 권했을 때부터 시작되었다. 경성에서 기차로 원산으로 향할 때, 원산에서 기선을 타고 산속 깊은 곳을 통하는 길이 있는 S항구로 접어들었을 때, 그리고 이십 리 가까이 산악이 서로 겹치는 구절양장의 길로 접어들었을 때, 그는 끊임없이 이런 공상을 즐겼다. 이곳에는 신비한 정적에 잠드는 이국의 자연이 있었다. 소박한 고대 그대로의 백성이 있다. 더러운 세상의 바람을 쐬지 않은 깨끗하고 아름다운 아가씨가 있다. 우마키치는 이런 곳에 자신을 두게 된 것이다.

그렇지만 이러한 공상도 결국 환멸의 비애로 끝나고 말았다. 석양에 물든 적토 위에 서서 부락을 내려다봤을 때, 거기에는 그가 공상한 것과는 너무나 다른 현실이 펼쳐져 있었기 때문이다.

새삼 친숙하게 이 땅을 내려다보고 있자니 어디에도 그의 즐거운 공상과 합치되지 않는 현실을 느꼈기 때문이다.

이튿날부터 그는 학교에 나가기 시작했다.

학교는 주재소 아래 산허리 땅을 고른 곳에 있어서 교정이 경사가 심했다. 교정은 전부 백양목으로 둘러싸여 있고 산을 배경으로 단 한 채의 지나(支那)식 학교 건물이 있다. 교실은 2층에 3개가 있고, 1층에 5곳의 공간이 있을 뿐이었다. 1층의 공간 2개가 교무실과 소사실이었다. 학생들은 1학년부터 5학년까지 모두 120명 남짓 있다. 교원은 우마키치 외에 조선인 선생님이 3명 있다. 우마키치는 4학년과 5학년 학생을 담당했다.

때가 여름이라 수업은 오전 중에만 있었다. 그가 담당하고 있는 수업은 국어와 산술뿐이었다.

보름 남짓은 학교 개혁이나 학부모들과 상담, 갖가지 잡무가 많아 그가 처음에 느낀 외로움 같은 것은 생각할 여유가 없었다. 그러는 동안 그는 내지인의 여관을 정리하고 나와 학교 바로 위에 있는 조선인 가옥의 방 두 칸을 빌려 그곳으로 옮겼다. 방은 둘 다 온돌이다. 이사하는 데 이틀 걸렸다. 하루는 학교가 끝나고 나서 5학년 학생이 찾아와 하얀 종이를 빠짐없이 방 안 벽에 발라주었다. 토방은 신문지를 이중 삼중으로 붙인 다음, 그 위에 다시 하얀 종이를 발라 붙였다. 어느 방도 다다미 석 장 정도의 넓이다. 학생들이 벽이나 토방에 둘러진 종이가 빨리 마르도록 불을 지핀다면서 온돌 아궁이를 살피더니 장작이 없어 근처에서 마른 나뭇가지를 주워들고 왔다.

다음날 아침 우마키치는 학교 가는 길에 들러 봤다. 토방도 벽도 대부분 잘 말라 있었다.

그날 학교가 끝나자 20명 정도밖에 안 되는 5학년 학생이 전부 몰려와 짐을 옮겨 주었다. 토방 위에는 다다미가 깔려 있지 않아 대자리를 깔았다.

학교에 있던 테이블을 옮기고 의자도 옮겨 왔다. 하얗게 둘러쳐진 벽에 벽시계가 걸려 있었다.

화로는 우체국 소장이 빌려주었다. 잡화점 주인이 일용품의 대부분을 갖다 주었다.

이제부터 그는 자취생활을 시작하려고 생각했다.

그날 밤, 그는 피곤하기는 했지만 느긋한 기분으로 손님을 접대했다. 손님은 우체국 소장으로 마흔 남짓의 엄한 얼굴을 하고 수염이 짙은 작은 체구의 남자이다. 성은 야마카와(山川)라고 한다.

우마키치는 이곳으로 온 이래 이 사람에게 신세를 졌다. 그는 20년이나 전에 조선에 온 사람으로, 한때는 우체국 심부름을 하거나 고용되어 판임(判任) 5급 정도까지 오른 적도 있는 남자이다.

학문은 그다지 없지만 상식은 조금 가지고 있다. 굳이 따지자면 전체적으로 민첩하고 현명한 남자이다. 현명하다는 것은 잇속이 밝다는 의미이다. 이 남자는 이곳에 온 지 6년 정도 된다고 한다.

그는 자신이 이곳에 온 당시의 조선인의 상태나 풍물을 우마키치에게 여러 가지 설명하기 시작했다.

이야기 중간쯤에 잡화점 주인이 찾아와 우마키치는 그에게 대여섯 병의 맥주와 통조림을 바로 갖다 달라고 부탁했다.

맥주 병마개를 따자 세 사람의 이야기는 점차 무르익었다. 잡화점 주인은 우체국 소장과 동년배의 남자인데, 검게 탄 이마에 흉터가 있고 그 역시 작은 몸집이었다. 젊은 때부터 홋카이도(北海道)를 시작으로 곳곳에서 노동을 하고 돌아다닐 정도여서 분위기가 상당히 거칠었다. 거칠긴 하지만 성정은 어딘지 모르게 부드러웠다.

"내가 왔을 때는 이 마을 수십 리 안쪽에 구하라(久原)[2]가 한창 동(銅)을 캐내던 시절이어서 이 마을도 그야 물론 번화했습죠."

소장인 야마카와가 이야기하기 시작했다.

"정말 그때는 이 근처도 사금을 캐내기 위해 오륙백 명 정도의 사람들이 몰려들었고, 구하라도 늘 자동차로 항구 사이를 오가며 볼일을 봤기 때문에 교통도 상당히 번잡했어요. 내가 있던 곳의 우체국이 원래 구하라의 청원으로 만들어졌다는 말이 있을 정도였으니까요. 지금은 여기에 내지인 요릿집이 없지만, 당시는 대여

---

[2] 일제강점기에 한반도에서 광산 채굴권을 따내 광업 사업을 주로 한 구하라 후사노스케(久原房之助, 1869~1965)를 가리킴.

섯 채나 있어서 조선인의 온돌을 그대로 요릿집으로 사용했어요.
내지인 작부도 한 집에 서너 명은 있었고 구하라의 수하물 중계장
도 지금은 없어졌지만 그 무렵은 내가 있던 곳 옆에 큰 판잣집 있
잖아요, 거기에 있었어요. 내지인도 일고여덟 명 있었고요. 게다가
지나가는 여행객이 늘 이삼십 명은 있었죠. 지금은 도로도 여기
저기 망가져 버렸지만 그 무렵은 길도 이등 도로[3]로 자동차나 우
차, 마차가 매일같이 지나다녔으니까요."

이런 이야기를 하던 야마카와는 잡화점 주인을 향해 말했다.

"이봐, 자네가 있는 곳도 그 무렵은 장사가 잘 됐었지?"

"그랬었죠. 지금과는 완전히 비교도 되지 않아요."

"그럴 거야."

소장은 컵의 맥주를 들이켰다. 그리고 다시 이야기를 계속했다.

"경기가 안 좋아지면서 구하라가 광산에서 일시에 손을 뺀 뒤
부터 힘들었죠. 한 4년 정도 되는데 그 후는 완전히 여기도 변해
버렸어요. 가을 무렵이 되면 이곳은 10월 중순부터 눈이 내리기
시작하니까요. 이때가 되면 이 주변도 여우가 슬슬 나오죠."

"이 부락으로 말입니까?"

"그렇습니다."

---

3) 도지사가 관리하는 도로를 일컬음.

그는 웃으면서 대답했다.

"이 집 주변을 어슬렁거리며 먹이를 찾아 돌아다닙니다. 정말로 많이 나옵니다. 달밤이 아니면 그다지 보이지는 않지만요. 작년 겨울의 일인데요, 그날 밤도 역시 네다섯 명이 모여 저희 집에서 술을 마시며 이야기를 하고 있었는데 여우가 옆방에 있던 개를 발견한 것 같았어요. 조선 종이로 발라놓은 장지를 찢고 뛰어들어 왔어요. 그때 지금은 여기 없지만 달밤에 2, 3리나 호랑이에게 쫓긴 적이 있던 주재소 순사가 대담한 남자였는데, 이 사람이 갑자기 일어서서 옆에 있던 몽둥이를 들고 재빨리 1, 2정(町)⁴⁾ 정도 뒤따라 달려간 적도 있습니다요."

이야기가 잠깐 끊기자, 잡화점 주인이 입을 열었다.

"나는 이제 대체적으로는 놀라지 않지만 보산(堡山)이라고 여기서 2리 정도 떨어진 온천이 있는 작은 부락이 있는데요, 거기에 갔다 돌아올 때 달밤이었는데 절반 정도 왔을 때 조금 떨어진 곳의 바위 위에 붉은색이 섞인 흰색 송아지만한 녀석이 자고 있는 것을 마주쳤습니다. 그 녀석한테는 좀 놀랐습니다. 내 발걸음 소리를 듣고 고개를 들어 물끄러미 나를 쳐다보더니 천천히 일어나 조용히 걸어가 버렸습니다. 나를 물끄러미 바라볼 때의 눈으로 말

---

4) 길이를 나타내는 단위로, 1정은 약 109m임.

할 것 같으면 정말로 호랑이 아니면 표범 같았으니까요 너무 무서워 2정 정도 죽어라고 뛰어서 돌아온 적도 있습니다."

"사람을 보면 대개 도망가 버리죠."

"예, 그렇습니다."

이번에는 소장이 대답했다.

『朝鮮及滿洲』, 1923.5.

‖ 창작 ‖

조선의 안쪽에서 3

●

다카기 산타로(多加木三太郎)

북선 지방, 특히 국경에 가까운 방면의 조선인은 음험하다고 들었는데, 이 부락도 역시 그런 분위기가 보였다.

　이들은 무지했지만 부도덕한 것에 대한 술책은 교활하고 게다가 치밀했다. 그리고 이들은 술책 부리는 일에 능수능란했다.

　겉으로는 내지인에 대해 반항하는 기색을 보이지 않았지만 뒤로는 갖가지 욕을 하거나 조롱했다. 마음으로 내지인에게 복종하는 일은 없었다.

　또 여기에 있는 내지인은 도저히 그들 마음을 심복시키고 동화시켜서 지도할 수 없다. 인격이 용렬하고 쓸데없이 이해(利害) 관념이 강해 힘겨루기만 하고 있다.

　이들은 두 파벌로 나뉘어 있다.

주재소 경부보를 중심으로 한 순사 세 명과 잡화점의 여주인을 포함한 파벌과, 우체국 소장을 중심으로 여관의 부부, 그리고 잡화점 주인이 들어 있는 파벌이다.

이 두 파벌은 서로 세력을 겨뤘다. 겉으로는 그런 분위기를 보이지 않았지만 일이 일어날 때마다 대놓고 반대했다.

무턱대고 자기 세력에 무게를 두고 있기 때문에 어떤 사항에 대해서도 기분 좋게 보조가 일치한 적이 전혀 없다. 그리고 쌍방의 감정을 더욱 나쁘게 하는 것은 잡화점의 여주인이었다.

잡화점의 여주인으로 말할 것 같으면 원래 창기였는데 첩으로 지내기도 한 여자로, 나이는 서른을 두세 살 정도 넘겼고 날씬한 몸매에 평소 혈색이 돌지 않는 창백한 얼굴을 하고 있지만, 술에 취해 얼굴을 붉히고 있으면 길쭉한 얼굴이 요염하고 매력이 느껴졌다.

잡화점 주인이 우체국 소장을 중심으로 한 파벌에 속해 있는데도 그 여자는 주재소 소장 쪽에 끼어 있는 것에 대해서는 조금 사정이 있다.

이는 남편과 아내 사이가 좋지 않기 때문이다.

원래 잡화점에는 부부 외에도 이전부터 줄곧 식객으로 와 있는 주인의 친형이 한 사람 있다. 그는 뒤룩뒤룩 살찐 마흔 대여섯의 남자로 노인 같은 은테 안경을 쓰고 성깔 있어 보이는 얼굴을 하고 있다. 이 남자는 돈 말고는 아무것도 없어 보인다. 줄곧 아침부터 밤까지 돈 계산을 하고 가게 물건을 헤아려보고 있다. 그리고 때때로 장사하다 짬을 내 오래된 강담 책 등을 꺼내와 읽었다. 이런 일을 하는 외에는 좀처럼 외출도 하지 않는다.

주인은 매일 하는 장사에 대해서는 이 식객으로 있는 형에게 다 맡겨놓고 자신은 돈을 들고 종종 항구 쪽으로 물건을 사러 가기 때문에 대부분은 여주인과 함께 더럽고 비좁은 온돌에 뒹굴뒹굴하고 있다. 드물게도 이 형제 사이는 매우 좋아 말싸움 한 번 한 적이 없었다.

그렇기 때문에 형에 대해서 식객 취급을 할 수 없음은 물론이다. 그리고 형이 말하는 것을 조금도 거역하지 않았다. 오랜 기간 홋카이도를 시작으로 여기저기에서 육체노동을 하고 조선으로 흘러 들어온 경력을 가진 남자로는 매우 드문 일이다.

여주인은 이 점이 제일 맘에 들지 않았다. 본래 자신들이 자본을 대고 일을 해 이렇게 오늘날까지 해온 것을 아무리 남편의 형이라고는 해도 너무 도가 지나치다고 생각했다. 그런 주제에 자신은 조금도 장사에 신경을 쓰지 않았다. 형이 식객으로 오기 전에도 남편에게 맡겨놓고 자기는 그저 여기저기 수다를 떨며 돌아다니면서 날을 보낼 정도였다.

그리고 형의 간섭도 심하고, 또 남편도 하나부터 열까지 무슨 일이든 시키는 대로 하지 않아도 될 것 같은 생각이 들었다. 남편이 매사에 형이 시키는 대로 하는 것이 여주인한테는 불만이었다.

그래서 부부 사이에는 때때로 싸움이 벌어졌다. 경우에 따라서는 남편이 아내의 머리채를 잡고 매우 울퉁불퉁한 길을 우체국까지 끌고 가기도 했다. 그럴 때 주변의 조선인들은 떼로 몰려와 그 뒤를 졸졸 따라다니지만 처음에만 그렇고 남자가 뒤돌아보며 화를 내면 모두 문틈으로 얼굴만 내밀고 보고 있었다.

남자는 우체국 소장의 집까지 가서 근무하고 있는 소장을 데리고 나와 이년이, 이년이 하면서 소장 눈앞에서 역시 머리채를 잡은 채 발로 차거나 허리를 짓밟았다.

그래도 여자는 질리지 않았다. 사오일지나 술을 마시고 기염을 뿜으며 남편에 대해 거리낌 없이 욕을 했다. 그리고 어디를 가도 여자의 응어리는 참을 수 없다고 말했다.

이 부락의 내지인 사이에 암암리에 두 개의 중심이 생겨 각각 두 파로 나뉜 다음부터 남편은 우체국 쪽과 친해져 매일 밤 놀러다니기 때문에 자신은 그쪽으로 발을 돌리기 어려워졌다. 그래서 여자는 거의 주재소 경부보 쪽으로 가서 거기 아낙들을 상대로 놀았다.

여자가 주재소 쪽으로 갔다고 해서 그녀가 우체국 소장의 아내나 여관의 여주인과 마음이 편하지 않은 것은 아니다. 다만 자신과 줄곧 사이가 좋지 않은 남편이 그쪽으로 갔기 때문일 뿐이다. 자신도 모르게 가기 어려워진 것이다. 그래서 여자는 남편이 가지 않은 것을 확인하고 여관의 여주인과 이야기를 하거나 소장의 아내와 이야기를 했다. 그리고 이야기 도중에 주재소에서 일어난 여러 가지 일을 섞어 이야기를 했다. 그리고 또 주재소 쪽에 가서 소장 파벌에 대해 이야기하기도 했다.

그러나 두 파벌이 겉으로 그리 사이가 좋지 않은 것은 결코 아니다. 다만, 뒤에서 좋게 생각하지 않을 뿐이다.

이런 분위기 속에 있는 부락의 내지인들은 매일 밤 모이는 곳도 각각 달랐다. 한쪽은 우체국 소장 집이나 여관 둘 중의 하나이다. 대개는 모두 여관 쪽에 모이는 일이 많았다. 여관과 우체국은 공터를 사이에 두고 떨어져 있었다. 그리고 또 한쪽은 주재소 경부보의 집에 모였다.

여관에 오는 숙박객은 곳곳을 돌아다니다 오는 순사가 때때로 묵고 가는 정도로, 작년 구하라의 광산이 번성했을 때는 하루에 대여섯 명의 숙박객이 있었다고 하는데 지금은 쇠락해 한 달에 두세 명의 손님이 오는 경우도 드물다.

여관 여주인은 서른대여섯의 중년으로 역시 젊었을 때 지나인의 첩이 되어 만주 주변에서 유녀 생활을 한 적이 있기 때문에 겉으로는 매우 온화하게 보이지만 매사에 과거의 모습이 엿보였다. 주인은 쉰 정도의 연배로 이곳에서 6리 정도 떨어진 산속 깊은 운모(雲母) 광산에 가있어 집에 돌아오는 일이 적었다.

밤에 사람들이 모여들면 방안이 시끌시끌 북적댔다. 사람들은 매일 밤 모여 앉아 고구마로 만든 소주를 마셨다. 그리고 모두 각자 노래를 번갈아가며 부르고 속악한 분위기에 열광했다. 그리고 외설적인 이야기에 웃음소리를 한껏 냈다.

우마키치가 이곳에 와서 이 여관방 하나에 묵고 있을 때는 그도 이러한 즐겁고 떠들썩한 분위기에 빠져들고 말았다. 그는 이러한 소란 속에 그것도 독이 있어 보이는 환락을 좋아한 것은 아니다.

외롭다고 해서 그들과 함께 떠들 수는 없었다. 또 실제로 자신의 외로움을 위로할 수 있다고는 생각되지도 않았다. 하지만 어슴푸레한 등불 밑에 홀로 방에 틀어박혀 있으면 누군가가 불러냈다. 적당히 둘러대면 손발을 잡고 데리고 간다.

거기에는 등불 밑에서 이마를 새빨갛게 물들인 남녀가 열광적으로 눈동자를 반짝이고 있다. 남자 셋, 여자 셋, 그리고 여관의 여자아이가 구석에 발을 내던지고 벽에 기대고 있다.

잡화점 여주인도 드물게 얼굴을 내밀었다.

방 안 가득 취기와 담배 연기로 가득했다.

"여, 선생님. 어서 오세요"

잡화점 여주인이 입구에서 우물쭈물하고 있는 우마키치를 올려다보며 웃었다.

"정말로 조용하시군요"

여관 여주인이 말했다.

"사양하시면 곤란합니다."

"네, 그렇습니다."

이번에는 소장이 말을 받았다.

"여기는 어디를 가도 모두 자기 집처럼 생각하니까요"

술잔을 여기저기서 권했다.

"젊은 사람이 어떻게 된 겁니까? 선생님은 여기서 가장 젊으니까 정말로 여자가 대여섯 살이나 젊기라도 하면 그냥 놔둘 수 없겠지만."

잡화점 여주인이 말했다. 일제히 웃음소리가 일었다.

"그런 말 하면 선생님이 상대해주지 않을 거야."

소장이 말했다.

"그야 젊고 아름다운 사람이 곁에 있으니까."

"아, 선생님은 아내가 있으시군요"

"맞아요. 매우 아름다운 부인이 곁에 있어요"

"정말입니까?"

이번에는 여관 여주인이 진담으로 받아들인 듯 우마키치에게 물었다. 우마키치는 그 말에 대답하지 않고 웃고 있었다.

"물론 정말이지. 정말이고말고 진짜 정말이야."

소장이 다시 끼어들었다. 처음에는 모두 정말이라고 생각한 듯했지만 소장의 이야기가 얄궂고 또 우마키치가 그 이야기를 전혀 상대하지 않는 듯한 표정을 짓고 있으니까 눈치 채고 일제히 웃었다.

그리고 각자 노래를 불렀다. 잡화점 주인이 새빨간 얼굴을 하고 나니와부시를 읊조렸다. 듣고 있을 수 없을 정도의 비속한 노래를 합창했다. 그리고 이내 남자도 여자도 술과 노래에 지쳐 한 방에 잠들어버렸다. 이런 밤이 때때로 있었다.

산 중턱에 있는 주재소의 경보부 집에서도 이와 같은 일이 거듭 일어났다. 여기에는 주재소에 근무하고 있는 순사 세 명이 경보부 집에 모인다. 경보부의 아내는 아직 겨우 스물이 되었을 정도로, 눈이 크고 애교 있는 둥그런 얼굴을 한 작은 체구의 여자이다. 그녀는 두 아이가 있다.

이곳에 모이는 사람은 모두 같은 곳에 근무하고 있기 때문에 직무상의 계급적 관념이 있어서 여관에 모이는 것처럼 듣기 괴로운 미친 꼴은 그리 없었다.

우마키치가 학교 위쪽에 있는 조선인 온돌로 이사하고 나서 이삼일 동안은 이 사람 저 사람 찾아오는 자가 있었는데, 멀리 산꼭대기 우마키치의 집까지는 모두 귀찮아하며 날이 갈수록 점점 찾아오는 자가 없었다.

외로운 가운데 한동안 기분이 안정됐다. 그는 학교가 끝나면 재빨리 자신의 집으로 돌아가 감상적인 소설을 쓰거나 사회학이나 정치학 연구를 시작했다. 밖에 외출하는 일은 좀처럼 없었다. 그러나 이것도 잠시뿐, 풍물에 익숙해지고 근무의 단조로움이 계속되자 드디어 외로움이 느껴졌다.

특히 여름 햇볕도 저물어가고 석양이 조금 그 잔영을 산 정상에 늘어뜨리고 있을 때, 그리고 어슴푸레한 어둠이 시시각각 몰려올 때, 멀리 계곡 밑으로 울리는 다듬이질 소리를 들을 때, 저녁 짓는 연기가 어슴푸레한 어둠속에 피어오르는 부락을 내려다볼 때, 그는 말할 수 없는 고독한 외로움을 느꼈다.

학교에 있을 때는 그나마 나았다. 아이들을 상대로 하고 있으면 시간이 가는 것도 몰랐다. 집에 돌아오면 외로움이 바싹바싹 그를 둘러쌌다. 어디를 가도 마음에서 그의 이야기 상대가 되어줄 사람은 없었다.

여름방학이 되었다. 해발 천 척 이상인 이곳에도 한낮은 햇볕이 강렬하게 내리쬐어 무더운 날이 계속되었다. 학교 학생들은 대체로 자신의 집으로 돌아갔다. 그들 대부분은 이 부락 사람이 아니었다. 멀리로는 십 리나 떨어진 곳에 집이 있는 경우도 있었다. 그러나 보통 때는 이 부락에 있는 친척이나 지인의 집에서 통학했다. 집으로 돌아갈 때는 모두 우마키치의 온돌을 찾아와 인사를 했다. 그들은 각각 작은 꾸러미를 두세 개씩 어깨에 메거나 손에 들고 있었다. 우마키치는 자신의 집 문 앞에 서서 일일이 그들을 배웅했다. 서너 명이 함께 붉은 언덕을 향해 올라가는 가련한 뒷모습을 가만히 바라보고 있을 때, 고개에 서서 우마키치를 뒤돌아보며 모자를 흔들 때, 왠지 모르게 눈물 나게 외로움이 밀려 왔다. 우마키치는 그들의 모습이 언덕에 숨어 보이지 않아도 여전히 거기에 서 있었다.

저 붉은 언덕 고개, 거기에서 자신은 어떤 생각을 했을까? 하늘에 치솟은 마천령 고개를 바라보며 산 두세 고개를 넘어 간신히 붉은 언덕 고개에 섰을 때, 그리고 그 언덕 위에서 이 부락을 내려다볼 때, 아 얼마나 많이 외로웠던가. 환멸의 비애를 얼마나 느꼈던가. 석양도 힘없이 언덕을 비추고 있었다.

우마키치는 집에 돌아가 의자에 앉은 채 생각에 잠겼다. 자신이 S항구에서 말을 타고 이 부락에 왔을 때의 일을 생각했다. 이런 생각을 하고 있자니 그는 항구로 마음이 이끌렸다.

그리고 그는 또 보름 남짓의 시간을 무료와 권태, 외로움 속에서 보내야 했다. 그러나 이것은 참을 수 없는 괴로운 일이었다.

이삼일 지난 아침 우마키치는 우체국 배달부와 함께 항구를 향해 서 있었다. 부락은 아직 새벽안개가 자욱했다.

길은 왔을 때와 같은 길이었다. 그로부터 아직 겨우 한 달 지났을 뿐으로, 길가의 풍경은 조금도 변하지 않았다. 그러나 올 때와 마찬가지로 변하지 않고 그대로 있는 풍경이 오히려 우마키치에게 다양한 느낌을 불러일으켰다. 그 느낌은 새로운 것은 아니었다. 부락을 향해 갔을 때의 느낌을 생각나게 했다.

하루에 걷는 길이 12리를 넘는다. 올 때와 다르게 길의 대부분은 내리막길이다. 삼사십 채의 부락에 잡화점과 여관을 겸한 내지인의 집이 있었다. 그날은 거기서 묵었다.

다음날이 되자 배달부는 돌아갔다. 우마키치는 혼자 짚신을 신고 S항구를 향해 길을 서둘렀다. 항구까지는 6리 길이다.

숙소를 떠날 때 여주인이 오늘은 점심 전에 돌아오라고 말했다. 그러나 전날 너무 많이 걸은 탓인지 2리도 채 걷지 않았는데 다리가 아팠다. S항구 뒷산에 올랐을 무렵은 여름 햇살이 상당히 기울어 있었다. 산 위에서 S항구가 한눈에 내려다 보였다. 끝없는 바다는 검푸르고 저 멀리 하늘과 접해 있다. 내려다보이는 S항구 시가지 양 끝이 바다에 뛰어들어 만(灣)을 둘러싸고 만 안쪽으로 파도가 조용히 그리고 한여름의 햇볕을 받아 해면이 반짝반짝 빛나고 있었다. 어떤 곳은 보랏빛을 띠고 검고 보이기도 하고, 또 어떤 곳은 새파란 감청색을 찰랑거리고 있다.

아, 이 고요한 바다의 그리움이여. 우마키치는 고개에 앉아 한동안 바다를 바라보고 있었다. 시가지에 늘어선 일본식 가옥의 지붕도 반가운 느낌이었다.

이 세상 인간 세계로부터 멀리 저 멀리 떨어진 산속 부락에 들어오고 나서 아직 불과 한 달 지났을 뿐이다. 그런데 실제로는 긴 시간을 보낸 듯한 느낌이었다.

우마키치는 기분전환을 하고 시가지로 향했다.

마루나카(丸中) 여관 주인은 우마키치를 잘 기억하고 있었다. 이전에 딱 하룻밤 묵고 이튿날 아침 일찍 말을 타고 떠났는데, 우마키치가 현관에 서서 말을 하자 서둘러 나와 우마키치의 얼굴을 보고 빙긋이 웃으면서 말했다.

"아, 어서 오세요. 언제 오셨어요?"

우마키치는 짚신을 신고 발을 씻은 다음 방으로 들어갔다. 다다미가 보였다. 다다미 위에 앉아 있자니 자신도 모르게 생기가 도는 느낌이었다.

'그 후로 다다미를 본 적이 없군.'

그는 생각했다.

이곳의 여관은 방도 스무 개 가까이 되고 S항구의 하나 있는 숙소인데, 어제 연안 주변의 배가 출발했다고 하니 손님은 우마키치 외에 한 사람도 없었다.

밤이 되자 시노부라고 하는 키가 크고 스물 정도 되어 보이는 하녀 한 명이 들어왔다. 이 하녀는 처음에 우마키치가 이 여관에 왔을 때에도 우마키치를 담당했기 때문에 서로 얼굴을 잘 기억하고 있었다. 그녀는 웃으면서 말했다.

"낯빛이 상당히 검어지셨네요. 산에서 오는 사람은 모두 얼굴이 햇볕에 타서……."

"그렇게 많이 탔나요?" 우마키치는 손으로 얼굴을 문질렀다.

"네, 완전히 새빨갛게. 그래도 매우 좋은 빛깔입니다."

아하하…… 우마키치는 웃었다.

"이번에는 어디로 가십니까?"

"여기 온 거에요. 학교가 여름방학이어서 당분간 이곳에 묵으며 바다라도 들어가 볼 생각이에요."

"네, 그러십니까? 그렇다면 다시 산 쪽으로 가시는 군요."

"응."

우마키치는 고개를 끄덕였다. 그때 마침 아래층에서 누가 지나가는 기색이 느껴졌다. 우마키치의 방은 안쪽 별채인데, 발소리가 점차 가까이 다가왔다.

"시노부 씨."

여자 목소리다. 그리고 손님을 조심하듯 말했다.

"누구?"

시노부는 조금 돌아보기만 할 뿐 일어서지는 않았다.

"저예요. 문을 열어도 될까요?"

여자가 작은 목소리로 말했다.

"들어오세요."

우마키치와 시노부가 함께 대답했다.

들어온 여자는 시노부보다도 두세 살 젊은 열 일고여덟의 몸집이 작은 여자애였다. 눈썹이 길고 눈도 컸다. 머리를 틀어 올리고 하얀 얼굴이 예뻤다.

"실례합니다."

여자는 이렇게 말하면서 시노부와 얼굴을 마주하고 교태를 부리며 미소를 지었다. 그리고 시노부를 바라보며 작은 목소리로 말했다.

"일전에 말한 사람이 이분 아니에요?"

여자가 얼굴에 교태를 띠면서 부끄러운 듯이 말했다.

"이분이라니?"

시노부는 우마키치 쪽을 힐끗 보고는 생각에 잠긴 듯 고개를 갸우뚱했다.

"있잖아요, 기쿠미즈(菊水)의 기쿠야(菊弥) 씨."

"아, 맞아."

시노부는 손으로 무릎을 쳤다. 그리고 이번에는 "응, 응" 하면서 "맞아" 하고 비로소 납득이 간다는 얼굴이다.

"무슨 일이야?"

우마키치가 물었다.

"별일 아니에요. 당신이 일전에 말을 타고 여기를 떠났잖아요. 그때 바로 여기 앞에 기쿠미즈라고 하는 요릿집이 있는데 그곳의 기쿠야라고 하는 게이샤가 당신이 말을 타고 갈 때 봤다고 하네

요. 그러고 나서 점심 지나 여기로 와서 묻는 거예요. 그 사람은
어디서 왔어요? 도쿄에서 온 것 아니에요? 기무라(木村)라는 분 아
니에요? 하고 물어보더라고요. 그래서 숙박일지를 보니 역시 그렇
더라고요. 그래서 맞다고 대답했더니 당신이 어디로 갔는지 묻더
라고요. 모르겠다고 하자 어떻게 해서든 물어봐달라고 했어요. 아
주 진지했어요. 그래서 이곳의 아버지에게 물어봤지만 확실히 알
수 없었어요. 그때 너무 실망하는 모습이었어요. 당신은 알고 계
십니까?"

"도대체 나에 대해 물어본 사람이 누구라는 건가?"

우마키치가 물었다. 게이샤라고 하는데, 그 게이샤가 누구인지
우마키치는 상상이 가지 않았다.

"본명이 어떻게 되오?"

시노부는 여자의 얼굴을 쳐다봤다.

"전화를 걸어보면 알 수 있을 텐데요."

젊은 여자가 말했다.

『朝鮮及滿州』, 1923.6.

‖ 창작 ‖

조선의 안쪽에서 4

●

다카기 산타로(多加木三太郎)

젊은 쪽의 하녀가 말한 것처럼 전화를 걸어보면 알 수 있을 것이다. 그렇지만 그렇게 하고 싶지는 않았다. 적어도 전화를 거는 것은 좋지 않다.

여자가 자신에 대해 물었다. 그것도 열심히 물었다. 특히 그 여자는 게이샤라고 한다. 이런 이야기는 적잖이 우마키치를 기쁘게 했다. 기쁜 건 사실이지만.

"당신이 묻는 남자는 접니다만, 도대체 당신은 누굽니까?"

이렇게 우마키치는 묻고 싶지 않았다. 남자로서 그렇게 물어보는 것은 개운치 않게 생각되었다. 그는 그렇게 물어보는 것이 여자에게 너무 좋을 대로 생각될까봐 신경이 쓰였다.

그러나 또 이렇게 신경 쓰는 것이 누구에 대해서인가? 자기 옆에서 "전화를 걸면 알 수 있다"고 하면서 우마키치의 대답을 기다리고 있는 두 하녀에게 신경을 쓰고 있는 것인지, 아니면 자기 자신의 마음에 신경을 쓰고 있는 것인지 알 수 없었다.

처음에 우마키치는 하녀에게 이야기를 들었을 때부터 상대 여자가 누구인지 줄곧 마음에 걸렸지만, 아무리 생각해도 떠오르지 않았다.

"도쿄에서 온 분이죠?"라는 여자의 말로 짐작해보면 자신이 도쿄에 간 것을 알고 있는 여자일지도 모른다. 아니면 도쿄에 있을 때 알던 여자일 것이다.

우마키치는 자신이 도쿄에 있을 때, 알게 된 여자를 머릿속에 일일이 떠올리기 시작했다. 떠올려봤지만 한 사람도 게이샤를 한 여자는 없었다. 설령 게이샤가 되었다 하더라도 조선의 북쪽 머나먼 이곳 작은 항구까지 올 것 같지는 않았다.

"전화를 걸어봅시다. 그럼 알 수 있지 않겠어요?"

이번에는 큰 쪽 하녀가 말했다. 그녀는 빙긋 웃으면서 이상한 웃음을 짓고는 우마키치의 얼굴을 쳐다봤다. 실제로 웃는 얼굴이 이상했다. 우마키치의 마음을 완전히 이해하고 있는 것 같았다.

"누군지 자신은 알고 있을 텐데. 그리고 전화를 걸어보면 곧 알 수 있을 텐데. 좋으면서 그렇지 않은 척 하고 있네." 마치 이런 말을 하고 싶어 하는 얼굴 표정이다.

우마키치는 마음이 내키지 않는 듯 "응" 하고 고개를 끄덕이며 대답하고는 역시 그 게이샤가 누군지 생각해내려고 초조해했다.

"네, 그렇게 하세요. 그러면 알 수 있겠죠."

두 하녀 모두 일어섰다. 그리고 방을 나가다 돌아보며 말했다.

"저, 전화를 걸어보겠습니다."

그리고 이상한 웃는 얼굴을 지어보이며 이상한 목소리로, "하하하" 웃으면서 나갔다.

하녀는 둘 다 나갔다.

우마키치는 절반은 호기심으로 기대하면서 가슴이 두근거렸다. 두근거리면서도 역시 그 게이샤가 누군지 계속 생각했다.

본래 우마키치가 도쿄에 있을 때 알았던 여자라고 하면 서너 명에 지나지 않는다. 도쿄에 갔을 때 처음 2년 정도를 요쓰야(四谷)의 장롱집 2층을 빌려 통학했을 때 거기서 두 여자와 알고 지냈다. 한 사람은 첩이고, 또 한 사람은 그 집의 딸이었다.

2층은 다다미 8장짜리와 4장 반짜리의 방으로, 우마키치가 처음 이집의 3장짜리 방 한 칸을 빌렸을 당시 2층에는 8장의 방에 나이 든 요쿄쿠(謠曲)[1] 선생님이 홀로 있을 뿐이었다. 서너 달 지나자 이 선생님은 나가고 그 후에 서른대여섯의 여자가 들어왔다. 이 여자는 첩이었다. 남편은 간다(神田) 어디서 장사를 하는데 일주일에 한두 번 다니러 오는 정도였다. 큰 장사는 아닌 것 같은데 때때로 이곳의 안주인과 잡담을 했다. "남편이 인색해서 힘들어요"라든가 "매달 40원 주거나 50원 줄 때도 있고" 하는 말을 하는 첩의 목소리가 얇은 장지문 한 장을 사이에 두고 옆에 있던 우마키치의 작은 방까지 잘 들렸다. 이 첩은 교토에서 자랐는데, 태어난 곳은 니와(丹羽)의 후쿠치야마(福知山)이다.

적당히 나이가 들었을 때부터 지금의 남편과 교토에서 깊은 관계를 맺은 사이라고 한다. 남편이라는 사람은 첩보다도 나이가 젊어 보였다. 늘 2층 계단을 몰래 올라와 소곤소곤 이야기하다 돌아갔다. 돌아갈 때도 슬그머니 돌아갔다. 첩이 배웅하려고 하면 "이제 됐어, 이제 됐어" 하는 "쌕쌕" 소리가 들렸다. 남편은 천식을 가지고 있는 것 같았다. 남편은 결코 자고 가지는 않았다. 올 때는 언제 올지 몰랐다. 우마키치가 학교에서 돌아와 보면 소리가 나서 대략 알 수 있었다. 돌아갈 때는 언제나 저녁 무렵이었다.

첩은 처음에 이 집으로 이사 올 때 우마키치의 방에 한 번 놀러

---

1) 가면극 노(能)의 대본으로 가사에 가락을 붙인 것을 말함.

온 다음부터 그다지 얼굴을 내밀지 않았다. 그러던 중에 한번은 시골 어머니에게 편지가 왔다고 하면서 우마키치에게 읽어달라고 가져왔을 때부터 둘의 사이가 좋아졌다. 편지를 읽고 쓰는 일은 대개 우마키치에게 부탁했다. 그래도 비밀스러운 내용은 자신이 히라가나로 주섬주섬 쓰는 것 같았다. 첩은 남편에 대해 인색해서 힘들다고 했지만 자신은 더욱 인색했다. 여기로 이사 온 다음부터 서너 달 지나자 여러 종류의 봉투 붙이는 일을 부업으로 하기 시작했다.

이 첩은 우마키치가 이곳의 집을 나가 혼고(本郷)로 이사 갈 때까지 역시 남편의 인색한 보호를 받으며 여전히 봉투 붙이는 일을 계속했다. 우마키치는 그 후 곳곳에서 첩 이야기를 들을 때마다 항상 이 여자를 생각했다.

마흔 가까이 되서도 첩 생활을 하지 않으면 안 되는가. 그리고 첩 생활을 하면서 여전히 봉투 붙이는 부업을 해야만 하는가. 이는 단지 먹고 살기 위함인가. 아니면 이 여자는 남들 배로 욕심이 많은 건가? 혹은 만족을 모르는 성욕 때문인가? 어떤 경우라 하더라도 살기 위해서인 것은 분명한데, 우마키치에게는 이것이 너무나 인생의 비참한 현실을 드러내고 있는 것처럼 생각되었다.

이집의 딸은 아카사카(赤坂)에서 게이샤를 하고 있었다. 우마키치가 그녀를 처음 본 것은 이사하고 나서 두세 달 지난 무렵의 어느 날이었다. 학교에서 돌아와 있는데 아직 요쿄쿠 선생님이 돌아가지 않은 때였다. 여자애의 나이는 스물 정도인데, 둥근 얼굴에 애교 있는 모습이다. 눈썹이 진하고 가늘고 길다. 눈동자가 촉촉한 것이 아름답게 보였다. 키는 남들보다 월등하게 컸다. 이 여자를 처음 봤을 때 이집 딸이라고는 생각도 못했다. 그날 저녁에 볼 일이 있어 밑에 내려갔을 때는 이미 모습이 보이지 않았다.

반 년 가량 지났을 때 이미 옆방에는 첩이 이사 와서 우마키치가 편지를 쓰거나 읽어줄 무렵에는 여자애는 같은 2층 작은 방에서 먹고 자는 생활을 했다. 첫날밤은 이집 주인이면서 여자애의 어머니가 우마키치의 방에 찾아와 인사를 했다. 어머니는 딸이 게이샤를 하고 있다는 말은 하지 않았다. 이삼 년 다른 곳에 내보냈는데 오늘 돌아왔다고 말했다. 그때 여자애는 같이 오지 않았다.

여자애가 2층 작은 방으로 오고 나서 이집은 위층도 아래층도 북적거리기 시작했다. 여자애는 어디에도 나다니지 않았다. 우마키치가 아침에 일어나 밥을 지어 먹고 학교에 갈 때도 아직 자고 있는 것 같았다. 학교에서 돌아오면 젊은 여자 특유의 농염한 웃음소리를 높이 내고, 때로는 숙련된 샤미센 소리가 들리기도 했다.

열흘 정도 지난 어느 날 밤 여자애가 우마키치의 방으로 찾아왔다. 우마키치는 막 저녁밥을 먹고 난 뒤였다. 배도 부르고 낮의 피로로 노곤해졌다. 책상에 기대어 양 팔꿈치를 괴고 멍하니 밖을 바라보고 있을 때였다.

"실례합니다."

여자의 목소리가 들렸다. 우마키치는 곧 여자애의 목소리임을 알아챘다.

"아직 이야기도 못했네요." 여자애가 말했다. 그녀는 매우 침착했다. 우마키치는 어쩔 줄 몰라 엉거주춤하고 있었다. 좁은 방이었기 때문에 여자애는 문 쪽에 앉았다. 창가에는 책이 쌓인 책꽂이와 책상, 그리고 풍로가 놓여 있었다. 문 옆에는 작은 화로가 있었다. 방안은 물건이 가득 차 있었다. 여자애는 우마키치를 잘 알고 있는 듯했다. 나이가 몇인지, 학교는 어디를 나왔는지. 아마 어머니에게 들었을 거라고 생각했다. 30분 정도 지나 여자애가 돌아갔다.

이러니저러니 하면서 여자애는 자주 찾아 왔다. 여자애는 게이샤를 했다고 스스로 말했다. 우마키치는 그다지 놀라지도 않았다. 그는 처음부터 그렇게 생각하고 있었으니까.

점차 익숙해지면서 여자애는 우마키치를 "오빠, 오빠" 하고 불렀다. 이는 그녀의 어머니가 우마키치를 이렇게 불렀기 때문일 것이다. 그리고 나서 이삼 개월 지난 세모(歲暮)에 여자애는 어느 시골의 부농 남자에게 시집을 갔다. 시집가기 사오일 전에 여자애는 보통 때와는 다른 어두운 얼굴을 하고 있었다. 시집가기 전날 밤은 매우 흥분한 여자애의 울음소리가 들렸다. 갈 때는 우마키치에게 말도 하지 않고 가버렸다. 사오일 지나자 시집 간 여자애가 혼자서 돌아왔다. 우마키치는 자신의 방으로 오지 않을까 기대하며 기다리고 있었는데, 여자애는 찾아오지 않았다. 그리고 일주일쯤 지나서 우마키치가 학교에서 돌아오자 편지가 와 있었다. 시집 간 여자애가 보낸 편지였다.

들으셨겠지만 시집갔습니다. 그렇게 씌어 있었다. 갈 때 인사를 했어야 했습니다만 아무래도 용기가 나지 않았습니다. 이렇게도 씌어 있었다. 그리고 자신은 스스로 원해 결혼한 것은 아니다, 부모님 때문에 결혼할 수밖에 없었다, 그저 돈 때문에 시집갈 수밖에 없었다, 돈 때문에 게이샤로 팔아넘긴 내 부모는 이번에는 돈 때문에 나를 신부로 팔았다,고 씌어 있었다. 마지막으로 오빠는 아무래도 잊을 수 없었다고 씌어 있었다.

우마키치는 어쩐지 여자애가 불쌍하게 느껴졌다. 불쌍하게 생각 됐지만 어떻게 할 수도 없는 노릇이어서 답장은 하지 않았다. 그리고 설날이 되었다. 학교가 아직 시작되지 않은 때에 여자애가 다시 돌아왔다. 창백한 얼굴을 하고 우마키치와 잠깐 만났을 때 슬픈 표정을 짓고 있었다. 그러나 뭐라고도 이야기하지 않았다.

여자애는 도망쳐 돌아온 것이었다. 집안이 어수선했다. 어머니가 딸을 야단치는 소리와 딸의 울음소리가 들렸다. 이삼일 지나자 다시 여자애는 보이지 않았다. 그 후로 우마키치는 여자애의 소식을 들은 적이 없다.

혼고의 하숙집으로 옮겼을 때 거기에서 또 한 명의 젊은 여자와 알게 되었다. 그녀는 우마키치가 분주히 돌아다니며 어느 병원 치료실에 입원시켜준 남자의 누나였다. 입원한 남자는 아직 스무 살이 채 안 된 청년으로, 쓰키지(築地)의 공업학교에 다니고 있었다. 누나는 멀리 야마구치(山口)의 고향에서 남동생의 간호를 위해 상경했다. 이 여자는 매우 아름다웠다. 열흘 정도는 다행히 우마키치가 있는 하숙집에 빈방이 있었기 때문에 거기에서 병원에 다니며 남동생을 간호했는데, 하숙집 소문이 문제가 되어 점점 시끄러워져 여자는 스스로 나갔다. 한 달 정도 지난 어느 날 여자는 남동생을 데리고 우마키치를 찾아왔다. 남동생을 데리고 고향에 돌아간다고 말했다.

우마키치가 도쿄에 있을 때 알았던 여자라고 하는 것은 그밖에는 없다. 이들 중 한 사람이 게이샤가 되어 조선의 안쪽 깊숙이

이 작은 항구까지 오리라고는 생각되지 않았다.

"누구일까?"

우마키치는 다시 생각했다.

복도에 사람 발자국 소리가 쿵쿵 났다.

『朝鮮及滿洲』, 1923.8.

‖ 창작 ‖

조선의 안쪽에서 5

●

다카기 산타로(多加木三太郎)

가만히 발소리를 듣고 있자니 이건 한 사람이 아니었다.

그 소리는 긴 복도 끝 별채의 우마키치의 방까지 짚신을 걸치고 쿵쿵 서둘러 걸어오는 듯한 소리였다. 조금 전 하녀인 것 같은데, 그 뒤에서 맨발로 종종걸음 걷는 소리가 상당히 시끄럽게 어지러이 들렸다. 그리고 점점 우마키치의 방 쪽으로 다가왔다.

우마키치는 신경을 곤두세우고 열심히 귀를 기울였다.

발소리가 복도를 돌아 우마키치의 방 가까이 왔다고 생각한 순간 갑자기 둘 다 멈춰 섰다.

작게 소곤거리는 소리가 우마키치의 귀에 날카롭게 울렸다. 이번에는 짚신 소리만이 역시 쿵쿵 났다. 곧 우마키치 앞에 조금 전의 하녀가 얼굴을 빼꼼히 내밀었다.

"오셨습니다."

우마키치는 히죽히죽 웃으며 심하게 고동치는 가슴의 고동을 느꼈다. 그리고 하녀의 얼굴을 다정하게 바라보았다.

"오셨습니다."

하녀가 다시 말했다.

누구도 불러달라고 하지 않았는데, 하는 말이 우마키치의 입까지 나오려고 했지만 우마키치는 말할 수 없었다. 이런 때 하녀에게 뭐라고 말해야 좋을지 알 수 없었다. 그는 그저 엉거주춤 입을 다물고 있었다.

그런데 곧 하녀 뒤에서 누군가 움직이는 기색이 보였다. 양 갈래로 묶은 여자의 머리가 분명히 우마키치의 눈에 들어왔다. 눈에 들어오자 곧 이번에는 여자가 허둥지둥 자신의 얼굴을 보고 있는 모습이 보였다. 그 순간 우마키치는 자신도 모르게, "어이" 하고 소리를 냈다.

여자는 침착해 보였다. 조금도 놀란 모습은 없고 미소를 지은 채 우마키치를 바라보고 있었다.

"오랜만입니다."

"당신이었군."

우마키치는 언제까지나 여자의 얼굴을 쳐다보고 있었다. 우마키치는 놀란 모양이다.

여자는 침착한 모습으로, 그렇지만 다소 부끄러움을 보이며 미소 짓고 있었다.

"어째서 이런 곳으로 왔어요? 스케하루(輔治) 군은 어떻게 지냅니까?"

우마키치는 전혀 납득이 가지 않는 듯 연달아 질문했다.

이런 경우 우마키치에게는 여자의 모든 것이 이해되지 않았다. 특히 의문이 깊게 든 것은 왜 이 여자가 게이샤를 하게 되었는가 하는 점이다. 그리고 게이샤를 한 것만 궁금한 게 아니었다. 무슨 이유로 터무니없는 이런 조선의 깊은 곳 작은 항구까지 오게 되었는지 궁금했다.

그는 깊게 생각할 틈도 없이 이건 완전히 그녀의 오빠한테 뭔가 사정이 있음에 틀림없다고 생각했다.

여자의 이야기에 의하면 오빠인 스케하루는 죽었다고 한다.

우마키치가 이 여자를 알게 된 것은 그녀의 오빠인 스케하루를 통해서였다. 스케하루는 그 무렵 제국대학의 정치과에 적을 두고 있었는데, 우마키치가 도쿄를 떠나 조선 산속 깊은 곳의 학교로 온 일 년 정도 전에 학교를 졸업하고 고향으로 돌아갔다. 여자도 그때 함께 돌아갔다.

이 형제는 하늘 아래 단 둘이었다. 양친도 이미 이 세상에는 없었다. 스케하루가 죽은 것은 고향으로 돌아간 다음 오륙 개월 정도 지난 후였다.

오빠가 병사한 후 여자는 고향을 떠나 도쿄에 있는 지인을 의지해 찾아갔다. 여기 온 것은 올해 3월 무렵으로 그때까지는 도쿄 곳곳을 전전했던 것 같다.

그녀는 어째서 이런 구석까지 와서 살게 되었을까. 왜 이런 곳까지 왔는지 그녀는 아무 말도 하지 않았다. 우마키치도 이런 것까지 묻는 것은 스스로 생각해봐도 그다지 좋지 않게 생각되었다.

가장 의문으로 우마키치의 머리에 떠오르긴 했지만 어쩐지 여자에게 물어볼 용기는 나지 않았다. 특히 그녀는 이런 이야기를 하는 것을 피했다.

그녀의 나이는 스물셋이다.

조금 곱슬머리였다. 어디라고 딱히 꼬집어 아름다운 곳은 없었지만, 그저 왠지 사람을 끄는 모습의 여자였다.

도쿄에 오빠와 함께 있을 때는 마치 시골 여자애가 서둘러 도시 분위기에 빠져 덕지덕지 부자연스러운 모습을 하고 다녀 촌스러웠다. 그런데 이제는 상당히 침착해지고 아름다움이 자연스러웠다. 그녀는 우마키치가 왜 여기에 왔는지, 두 달 정도 전에 우연히 말을 타고 가는 우마키치의 모습을 봤는데 분명 우마키치임에 틀림없는지 아닌지 확실치 않고 또 짧은 동안에 우마키치가 이런 곳까지 왔을 것 같지도 않아서 대충 넘겼는데, 아무래도 많이 닮은 것 같아 우마키치가 묵은 숙소에 가서 물어봤다고 이야기를 계속했다. 정말로 기이한 우연이라고 말할 기세였다.

이는 그녀가 생각하는 것처럼 우마키치에게도 전혀 생각지도 못한 일이었다. 이런 곳에서 도쿄에 있었을 때의 친구 여동생과 만나는 일은 정말로 기이한 우연임에 틀림없다.

여자가 누구인지 전혀 상상할 수 없었다. 또한 이 여자가 도쿄에서 알게 된 여자 중의 한 사람이라고는 생각이 미치지 못했다.

그렇지만 실제로 이렇게 눈앞에 앉아있는 여자의 얼굴을 보니 이전에 도쿄에 있을 때 알고 지낸 친구의 여동생이 틀림없었다.

그리고 이 여자는 지금은 게이샤가 되어 있었다. 무슨 이유 때문인지는 모르겠지만 게이샤가 되어 조선의 깊은 이곳 작은 항구 마을까지 흘러 들어온 것이다.

그러나 기무라 우마키치에게 가장 놀라운 일은 여자의 이와 같은 변화보다도 그의 친구인 여자의 오빠 스케하루가 죽었다고 하는 사실이었다.

그는 인생의 한없는 방랑의 외로움을 생각했다. 또 나아가 덧없는 인생의 순간적인 운명을 생각했다. 이는 실로 초목의 잎에 깃든 아침이슬처럼 덧없는 것이었다.

언제 어떻게 해서 생(生)을 끝낼 것인가. 끝나는 사멸의 장소가 어느 하늘일지 모른다. 모르는 채로 생의 끝없는 욕망을 찾아가는 것이 인생이다. 내일도 알 수 없는 신세라는 것을 알면서도 여전히 다시 내일에 생의 욕망을 기대하는 것이 인생이다.

여자의 오빠 스케하루가 무엇 때문에 학교에 갔는지, 20년의 학업을 간신히 마치고 사회에 나오자마자 그는 이제 이 세상을 떠나버린 것이다.

이런 생각이 우마키치를 어둡고 우울하게 했다.

"이제 어디로 가십니까?"

여자가 물었다.

"여기에 온 겁니다. 나는 여기에서 17, 8리 떨어진 저 산속 깊은 곳의 학교에 있어요. 여름방학이라 잠깐 여기에 온 겁니다."

"해수욕이라도 하는 거예요?"

"네, 그래요."

"17, 8리라 하시면 하루에 갈 수 없는 거리인가요?"

"맞아요. 상당히 산속 깊은 곳으로 여기에서 가자면 오르막 산길뿐이니 하루에 5, 6리 정도밖에 못가요."

"정말 산속 깊은 곳이군요."

"S라고 하는 곳입니다. 산 위라서요, 한여름에도 더위는 조금도 느껴지지 않아요."

"오늘밤에 도착하신 거예요?"

"오후 4시 넘어서요."

여자는 잠시 후에 돌아갔다. 돌아갈 때, "피곤하지 않으면 오시겠어요?" 하고 몇 번이나 쑥스럽다는 듯이 물었다. 이렇게 해서 이곳에 왔을 때, 그리고 도쿄에 있었을 때, 오빠인 스케하루가 이야기한 여자로는 생각되지 않을 정도의 밝은 표정을 지었다.

여자의 이름은 오타 하루코(大田春子)라고 한다. 예명은 기쿠야. 여자는 돌아갔다. 밤은 벌써 열 시 무렵으로 바깥에 나가보니 시골 항구로 대개의 집은 문을 내렸다. 쪽문이 조금 열려 있고 거기에서 램프불이 길을 비추고 있다.

큰길을 조금 돌자 항구가 바로 눈앞에 검게 보인다. 연안 주변에 작은 기선의 그림자가 검은 파도 위에 더욱 검은 덩어리로 그림자를 늘어뜨리고, 그 배에서 흘러나오는 붉고 푸른 등불이 네다섯 개 반짝이며 찰랑찰랑 해면을 물들이고 있었다. 해안에는 파도 소리의 작은 울림조차 들리지 않는다. 조용한 밤이 풀밭에 우는 벌레소리를 한 층 높이는 듯했다.

하얀 유카타를 입은 남녀가 무리를 지어 둘 셋 어울려 걷고 있 었다.

하늘은 멀리까지 맑게 펼쳐져 있었다. 그리고 별들이 무수히 빛 나고 있다. 물가는 하얀 모래로 반원을 그리며 멀리 바다를 둘러 싸고 있는 것이 밤에도 하얗게 잘 보였다.

하얀 물가의 모래와 나란히 해면의 검은 빛과는 다른 검은 덩 어리의 반도가 큰 바다에 돌출해 있다. 평화로운 자연. 밤의 장막. 우마키치는 물가에 선 채 이 고요한 대기 속에 빨려 들어갈 것만 같은 기분이 들었다.

다음날이 되자 그는 전날의 여행의 피로를 완전히 잊은 듯 맑 은 기분으로 아침 일찍 일어났다. 해는 이제 겨우 바다 저쪽에 얼 굴을 내밀고 있을 뿐이었다. 사람들은 아직 잠들어 있는 듯했다. 이윽고 시작될 하루의 활동을 앞에 두고 아침의 정적이 주변을 감 싸고 있었다.

해수욕을 마치고 돌아왔을 때 모두 일어나 있었다.

우마키치는 매일 아침 일어나면 곧 바다로 나갔다. 해수욕은 저

넉식사를 마치고 주변이 상당히 어두워진 때에 했다. 낮에 더울 때는 집안에서 누워있거나 하녀를 상대로 쓸데없는 이야기로 시간을 보냈다. 우마키치는 이삼 일을 이런 식으로 단순 반복하며 지냈다. 여자는 밤이 되면 매일처럼 찾아왔다. 올 때는 언제나 뭔가를 보자기에 싸가지고 왔다. 보자기 안에는 사과나 배, 그리고 여기 항구에서 나오는 특산물인 바나나 양갱 등이 들어 있었다. 때때로 강담구락부(講談俱樂部) 등이 나오기도 했다. 여자가 이것을 우마키치에게 들이밀 때는 그녀가 돌아갈 때였다.

사나흘이 어느새 흘러가 버렸다. 여자와 우마키치는 점차 친해졌다.

어느 날 밤 우마키치는 여느 때와 마찬가지로 해안에 나갔다 돌아오는 길에 자신의 숙소와 반대쪽인 조선인 마을을 향하면서 물가의 하얀 모래 위를 물가를 따라 걸어갔다.

오른편으로는 바다가 초승달 달빛을 받아 반짝반짝 빛나고 있고, 왼편으로는 바다에 면한 열 채 정도의 요릿집이 늘어서 있었다. 어느 집에서건 현을 뜯는 소리에 노랫가락이 흘러 나왔다. 그 중 하나의 등불에 수산(水山)이라고 적힌 집이 있었다. 오타 하루코의 기쿠야가 있는 집이 바로 이곳이다. 우마키치는 터벅터벅 등불이 켜진 문 밑을 지나 들어갔다.

그리고 중년 여자의 안내를 받아 방 하나에 들어가 기쿠야가 오는 것을 기다렸다.

기쿠야, 즉 오타 하루코가 오빠 스케하루와 함께 도쿄에 살면서 오빠는 제국대학에 자신은 간다(神田)의 어느 직업학교에 다닐 때는 우마키치는 이 여자와 만날 기회가 그다지 없었다. 우마키치가 스케하루의 집에 갈 때도 거의 헤아릴 수 있을 정도밖에 없었기 때문에 하는 수 없이 볼일이 있을 때 외에는 간 적이 없었다.

그도 그럴 것이 우마키치는 이 형제의 집뿐만 아니라 다른 곳에도 특별한 용건이 없는 한 그다지 외출한 적이 없었다. 당시는 그가 늘 경제상 어려웠을 때로, 집에 있을 때는 대부분을 넉넉지 못한 것과 싸워야 했다.

그래서 우마키치가 그녀를 만난 것은 어쩌면 불과 대여섯 번에 지나지 않을지도 몰랐다. 따라서 그때의 인상이 어땠는지 명확히 떠오르지 않았다. 다만 그녀의 모습이 오빠의 무심한 성격과 닮지 않아 야하고 눈부신 모습으로 우마키치의 머리에 남아 있을 뿐이었다.

그 후 이 여자와 일생을 만날 수 없었다면 우마키치는 여자 얼굴의 윤곽조차도 떠올릴 수 없었을 것이다.

여자가 숙소에 우마키치를 찾아오기 며칠 전날 밤에 그가 했던 여자에 대한 주의와 관찰은 완전히 어딘가로 사라져 버렸다. 그 정도로 그는 스케하루의 죽음이나 여자의 변화가 너무 심한 것에 마음을 빼앗겨 버렸다.

그는 이제 여자를 찾아가 여자가 있는 집의 한 칸 방에서 그녀를 기다리고 있다. 기다리면서 그는 문득 자신이 무엇 때문에 여자를 찾아갔는지 생각해봤다. 자신이 여자를 찾아가 여자가 오기를 기다리고 있는 것은 무엇 때문인가. 여자에 대해 달리 용건이 있는 것도 아닌데 이렇게 여자를 찾아가 여기서 여자를 기다리고 있다는 것은 어떤 감정을 여자에 대해 가지고 있다는 것인가?

하지만 이 경우, 우마키치가 여자에 대해 가지고 있는 감정은 특별히 사랑에 가까운 것은 물론 아니다. 특별히 뭔가 확실하고 대단한 것을 얻을 수 있는 것도 아니었다.

그래도 또 어째서 여자를 기대하면서 여기에 왔는지 생각해보면 역시 왠지 모르게 보통 여느 여자에 대한 생각과는 조금 다른 느낌이 들었다.

우마키치 쪽에서 찾아다닐 필요도 없이 여자는 매일같이 저녁이 되면 우마키치를 만나러 왔다. 여자가 우마키치를 만나러 올 때의 태도는 장사하는 여자가 하는 듯한 예의 없고 수치심을 못

느끼는 집요한 그런 것이 아니라, 왠지 모르게 담백한 분위기가 느껴졌다.

"산책하러 안 갈래요?" 하기도 하고, "함께 가지 않겠어요?"라든가, 혹은 "집이 바다 앞이라 시원해서 좋아요"라고 말한다. 그러나 이 담백함 속에 보이는 것은 실제로 그녀의 말뿐으로 표정에는 왠지 모르게 힘찬 피가 흐르고 있었다.

때때로 여자는 말없이 이런 표정을 짓는 일이 있었다.

우마키치는 이런 여자의 마음을 모르는 것은 아니었다. 그는 여자가 자신에 대해 어떤 마음을 가지고 있는지 잘 알고 있었다. 그렇지만 여자가 유혹하는 대로 따라갈 수는 없다고 생각할 정도로 우마키치의 정신이 도덕심 견고한 것도 아니었다. 다만 좋은 것도 아니고 싫은 것도 아닌 어느 쪽도 아닌 상태에 머물러 있을 수밖에 없었다.

드르륵, 하고 문이 열리는 소리가 들리더니 여자의 요염한 얼굴이 나타났다.

"역시 그렇군요"

여자는 혼잣말을 하며 우마키치를 올려다보고 빙긋 웃었다.

"당신일 거라고 생각했어요 분명히 당신일 거라고요 종업원 언니가 이 부근에서 못 본 사람이라고 해서."

여자의 모습은 우마키치의 숙소로 찾아왔을 때와는 완전히 다른 사람처럼 우마키치의 눈에 비쳤다. 이는 역시 보통 매춘부가 짓는 표정이라고 우마키치는 생각했다. 대담하고 얌전하지 않고 매우 반짝이며 게다가 야한 교태가 번뜩이고 있었다.

그 이전에 아직 보통의 여자애였을 무렵의 그녀의 성질을 그다지 잘 모르는 우마키치는 이 여자도 역시 원래는 온순한 아가씨였을 거라고 상상하며 현재의 태도와 비교해 보았다.

일찍이 법학사인 오빠가 있고 자신도 고등교육을 받은 여자가 이런 처지까지 떨어졌다고 하는 것은 비록 거기에 어떤 사정이 있다고 해도 타락한 것이 분명하다.

그렇지만 우마키치 앞에 앉아 있는 여자의 얼굴에는 어디에도 근심 어린 모습은 보이지 않았다.

"도쿄에 있을 때를 생각해보면 당신도 상당히 변했군요."

여자는 우마키치의 말에 급히 정신이 든 것처럼 새삼 태도를 바로 하고 힐끗 우마키치를 보고는 곧 다시 고개를 숙이고 말았다.

"어째서 이렇게 변한 겁니까?"

오빠인 스케하루가 자신의 여동생의 현재를 봤다면 어떻게 생각했을까. 대담한 그도 분명 화를 내다 틀림없이 울어버렸을 것이다.

"어째서라고 하시면……. 이젠 어쩔 수 없는 일이에요"

우마키치는 완전히 포기한 듯한 여자의 모습에 놀랐다.

"앞으로 당신은 어떻게 할 생각입니까?"

여자는 잠시 잠자코 있었다. 그리고 성가신 듯 귀밑머리를 쓸어 올렸다.

"정말로 저는 불행합니다. 그리고 바보였습니다. 부모님을 빨리 여의고 단 한 명밖에 없는 오빠는 먼저 죽었어요. 하지만 제가 이런 곳에 와서 이런 신세가 된 것에 대해서는 아무런 이유도 안돼요. 결국 제가 바보인 거죠. 그리고 정말로 약했던 거죠. 그렇지만 이제 와 새삼 어떻게 해도 별 뾰족한 수는 없어요"

여자의 눈이 젖어 있었다. 그리고 깊이 생각에 잠긴 모습으로 가만히 아래를 향한 채 입을 다물었다.

"결국 제가 바보인 겁니다. 정말로 바보예요"

여자는 다시 조금 전의 말을 반복했다. 반복한다는 생각이 들자 이번에는 여자의 입주변이 살짝 경련을 일으키며 말꼬리가 떨려 왔다. 눈물이 방울방울 떨어졌다.

여자는 갑자기 엎드리고 말았다. 확실히 돋보이는 목덜미에 머리카락이 살짝 흔들렸다.

"그렇지만 저는 의지할 사람이 없어요. 저는 이 세상에 누구를 의지하면 좋을까요?"

우마키치는 분명 여자의 오열하는 목소리를 들었다. 멈추려 해도 멈춰지지 않을 듯한 흐느껴 우는 여자의 오열과 전율을 눈앞에서 보면서 생각했다. 무엇을 생각하고 있는가? 무엇을 생각하는지 우마키치는 알 수 없었다. 그도 또한 여자의 흥분한 가련한 이야기에 적잖이 감정의 동요가 일었다.

달빛이 맑게 갠 저녁 하늘에 별들을 누르며 창백하게 빛나고 있었다. 바다를 건너 온 바람이 정원의 나무에 닿아 때때로 작은 전율을 전달했다. 조용한 밤의 장막을 벌레소리가 더욱 다채롭게 계속 울어댔다.

기무라 우마키치가 간밤에 숙소로 돌아온 것은 밤도 상당히 깊은 무렵이었다. 방안에는 이제 마루가 깔려 있었다.

그는 돌아오자 곧 잠자리에 들었다. 잠자리에 들어 그날 밤 일어난 일을 떠올리면서 그녀를 생각했다.

바깥 현관에 있는 큰 벽시계가 2시를 알리는 소리가 들렸다.

『朝鮮及滿州』, 1923.9.

조선의 장래

-북선 개척 가장 유망-

●

요시다 나오하루(賀田直治)

나의 아버지가 조선에 관계한 것은 정확히 20년 전이다. 20년이
라는 시간은 우리에게는 매우 흥미로운 시간이었다. 조선에 착수
한 것은 대만의 소금을 조선에 팔기 위해서로, 처음에는 부산의
마키노시마(牧の嶋)[1]에 대염(臺鹽)회사라는 것을 시작해 제염소를
경영하며 각지에 정제염을 팔았다. 그러는 동안에 제일 단골이 많
은 곳은 어업이 많은 북쪽이었다. 이런 이유로 북선과는 상당히
긴 인연을 가지고 사업도 다소 경영하고 있다. 이런 까닭에 우리
는 때때로 북선이나 국경지방으로 가는 일이 있다.

　표조선(表朝鮮)의 20년은 상당히 현저한 진보라고 말할 수 있는
데, 이조선(裏朝鮮)은 실로 지금부터가 중요하다. 지금은 바야흐로

───────────────

1) 일제강점기에 영도를 '마키노시마'라고 부름.

여명기이다. 다행히 함경선이 내년에 개통되어 다수의 시찰자 시대가 이제부터 시작될 것이다. 나아가 두만강 기슭의 국경철도도 올해부터 공사를 시작함에 따라 금후의 활동은 놀라울 것으로 생각된다.

생각해보면 표조선은 어느덧 산업 유신의 다망한 계절에 들어갔지만, 이조선은 지금부터가 중요하다. 그 대신 전도가 매우 유망하고 또 이루 측정할 수 없는 발전이 있을 것으로 생각된다.

이조선은 일본해를 껴안고 같은 사정에 있는 이일본(裏日本)과 손을 잡고 금후의 발전을 기대하고 있다. 북선 일대의 농림산, 광산, 수산을 비롯해 풍부한 갈탄이 있다. 수력 전기도 미쓰비시 등이 경영하고 있어 그 안쪽으로 연결하는 가까운 간도(間島)나 혼춘(琿春)을 비롯해 북만주 및 연해주의 식량이나 원료로 일대 공업지가 될 수 있는 자격을 갖추고 있다. 그 장래는 북이탈리아나 엘자스 로트링겐과 같은 위치이다. 나아가 보다 재미있는 장래의 변화가 있을 것으로 생각한다.

현재 북선의 희박한 인구가 증가할 것은 물론이고 점차 인위적인 국경을 넘어 일대는 자연스럽게 동진해서 미개척지인 황야를 개척하고 천고의 상태 그대로인 대삼림을 이용해 철도나 항만 등을 연결해 인간을 적당히 심어놓으면 곧 일본의 큰 문제인 인구문제나 식량문제를 그야말로 큰 의미에서 유기적이고 또 좋은 상태로 해결할 수 있을 것이다. 이 일에는 조선인은 완전히 잘 맞고 내지인은 금융이나 상업, 기업을 통해 조선인과 공동 협력해 좋은 것을 취하게 될 것이다. 또 지나인이나 러시아인과도 공존공영의 친선제휴를 이루어 불모지를 개척하고 대 산업국으로 만들어, 이윽고 세계의 중요 문제인 태평양문제 해결의 향도자가 되는 것이야말로 진정한 신흥 제국의 사명이고, 나아가 내선동포 민족의 일대 사명이라고도 믿는다. 귀 잡지의 20년 기념 발행 안내를 접하고 축사를 대신해서 한 마디 소감을 진술했다.

『朝鮮及滿洲』, 1927.4.

북조선을 보고

●

동방생(東邦生)

동방생(東邦生)

일제강점기에 식민지 조선에서 간행된 일본어잡지 『조선 및 만주(朝鮮及滿洲)』
는 1908년 3월에 『조선(朝鮮)』으로 창간해 1912년 1월부터 '조선 및 만주'로
개명, 1941년 1월까지 34년간에 걸쳐 발간된 종합잡지인데, 이 잡지의 편집
및 경영, 그리고 주필을 맡아 활동했던 사람이 샤쿠오 슌죠 釋尾春芿)이다. 그
는 '도호(東邦)'나 '교쿠호(旭邦)', '동방산인(東邦山人)'이라는 호로 『조선 및 만
주』에 많은 글을 썼는데, 이 글은 함경선이 개통되기 직전에 북한 시찰을 다
녀와 쓴 글이다.

나는 조선의 대부분을 걸어 다녔는데, 북선(北鮮) 쪽은 원산보다 북으로는 아직 가본 적이 없었다. 한번 가보고 싶다고 오랫동안 생각했지만 교통편이 나빴기 때문에 이내 가지 못한 상태였다. 드디어 함경선이 8, 9월 무렵부터 개통된다고 하니 전선(全線)이 개통되고 나면 재미없을 것 같아 신록이 그윽한 6월 초순에 북선 행을 결심했다.

　북선이라고 해도 조선 안의 지역이다. 한달음에 갈 수 있을 정도라고 생각했는데 드디어 여행을 결심하고 날짜를 계산해보니 경성에서 회령까지 직행해도 철로로 5백 30여 마일 된다. 기차 왕복만으로도 사흘 밤낮은 걸리는 거리다. 기차는 한 번 왕복밖에 없는 데다 아직 전선이 개통된 것은 아니어서 반송(盤松)과 군선

(群仙) 사이를 자동차로 연락하기 위해 왕복 모두 주을(朱乙)이나 나남(羅南), 청진(淸津) 어느 한 곳에서 하룻밤을 보내지 않으면 안 되기 때문에 왕복 일수만으로도 경성에서 도쿄를 왕복하는 정도의 시간이 걸린다. 이를 열흘 정도 걸려 북선 각지의 상황도 시찰하고 간도(間島)까지 시찰하고 오고 싶었다. 주을(朱乙)온천에도 하루 정도 묵고 싶다. 도청소재지 정도의 곳에서는 강연도 하자고 하니 상당히 바쁜 여행이다.

그러나 서투른 강연이었지만 덕분에 자동차 편을 얻었다. 의외로 시찰에 편의를 얻을 수 있었기 때문에 시일에 비해 시찰 범위가 넓어졌다. 단, 총독부의 고관들이나 회사의 중역급이 많은 여비를 챙겨 도청이나 회사의 자동차를 자유롭게 타고 다니는 시찰에 비교하면 우리 같은 떠돌이가 하는 여행은 자유롭지 못하고 불편한 여정이었다. 그래도 도청이나 각지의 사람들에게 지인이 많았기 때문에 시찰에 의외로 편의를 얻어 유쾌한 여행을 할 수 있었던 것을 이 자리를 빌려 감사드린다.

길가의 풍경

함흥에서 회령까지 함경선 4백 마일 가운데 절반은 해안선이고

118

절반은 산간을 달리기 때문에 조선 철도 중에서 풍경이 제일이다. 경성 원산 간 중간에 복계(福溪) 이북 삼방(三防)을 중심으로 계곡이 매우 아름다운 것은 새삼 말할 필요도 없다. 이전에는 여름 원산 행에 가장 내 눈을 기쁘게 한 것은 철원에서 고원지대에 걸쳐 도라지, 여랑화(女郎花)가 자연의 꽃밭을 이루고 있는 풍경이었다. 매우 아름다운 여름 화초를 볼 수 있었는데, 이제 철원에서 평양 부근까지는 수리조합이 생겨 황무지가 논으로 변해 고원도 점차 개척되어 밭으로 바뀌었기 때문에 꽃밭이 점차 축소되었다. 근대 문명이 점차 자연미를 해치고 가는 것은 어느 곳이든 마찬가지이다.

원산에서 북으로 덕원(德源) 문천(文川) 간의 이십여 마일의 땅은 바다를 앞에 두고 지역도 상당히 넓다. 땅이 비옥하고 송림이 많아 눈에 보이는 것 모두가 푸른빛을 띠고 윤택해 기분이 좋다. 내지의 전원을 달리고 있는 듯한 느낌이 든다. 원산은 남교(南郊)보다는 북교 쪽이 지질도 풍광도 좋다. 근방에 큰 수리(水利) 공사를 해서 옥답으로 변하니 한층 더 아름다워진 것 같다.

함흥을 출발해서 6마일 정도 가면 서호진(西湖津)으로 나가고 여기서 성진(城津)에 이르는 백여 마일 사이는 해안 근처를 달리기 때문에 해안선이 긴 많은 갯벌 사이를 누비며 끊어졌다 이어지

고 구부러지면서 백사청송(白砂靑松)의 송영이 이어져 마치 산요
센(山陽線)1)을 달리는 기분이다. 조용하고 푸른 파도치는 긴 바닷
가를 씻어내며 멀리까지 물이 얕아 해수욕장에 딱 좋은 곳이 펼쳐
진다. 원산 바다에서 해수욕장으로는 확실히 유명한 곳이 곳곳에
보인다. 서호진에서 수십 마일 떨어진 연선에 가장 해안 풍경이
좋고 장정곡만(長汀曲灣)이 뛰어난 곳이다. 이곳이 경성 부근에 있
다면 얼마나 좋을까 생각했다. 다만 게으른 조선인 탓인지 바다에
흰 돛을 단 조각배의 왕래가 드물게 보인다. 느릿한 뱃노래도 별
로 들리지 않는다.

함흥에서 몇 리(里) 떨어진 신흥리 부근에 들장미가 많이 있어
대곡광서사(大谷光瑞師)는 이 지방에서 향수 제조를 도모했다고
하는 소문이 전해 내려오고 있다. 함흥 이북의 해안에 가련한 붉
은 장미가 양쪽에 여기저기 흐드러지게 피어있었다. 모두 모래밭
에 붙어 뻗어나가 있다. 이런 곳에 피어있게 놔두는 것이 아깝다
는 생각이 들었다. 반송 군선 간 삼십 마일은 아직 길이 뚫리지
않아 자동차로 계곡에서 산으로, 산에서 바다로 달렸다. 경사가
급한 언덕을 오르락내리락하기 때문에 무서웠지만 이곳의 풍경은
실로 아름다웠다. 전체가 개통되면 이런 여행은 할 수 없다.

---

1) 고베(神戶)에서 후쿠오카(福岡)까지를 잇는 철도선.

120

성진을 지나자 자연스럽게 해안선으로부터 멀어지면서 산간과 평야 사이를 달렸다. 함경선은 산이 많고 평야는 적다고 생각했는데, 영흥(永興)과 함흥(咸興)의 평야는 몇 리(里)에 걸쳐 있다. 성진 이북의 함북으로 들어가니 평야가 적다. 그래도 길주(吉州), 나남(羅南)의 평야는 상당히 넓다. 성진에서 경성(鏡城), 나남을 지나 청진으로 들어가니 다시 바다에 면해 있다.

청진에서 회령까지는 산간으로 이 사이에 있는 산은 조선에서는 드물게 푸르러 민둥산은 그다지 보이지 않는다. 북선은 전체적으로 산이 푸르다. 울창한 밀림이라고 말할 정도는 아니지만 경부선이나 경의선 같은 민둥산을 본 눈에는 월등히 푸르러 물기를 머금은 느낌을 준다. 청진에서 회령에 이르는 동안의 수십 리의 산들은 매우 푸르러 내지의 산간을 달리는 기분이 들어 상당히 유쾌하다.

회령에서 두만강 연안으로 나와 간도에 들어가는 동안의 연선은 벌거벗은 산으로 눈에 보이는 것 모두 삭막하다. 간도에 들어가니 산간에서 평야로 들어가는 느낌이 들며 시야가 갑자기 시원스럽게 확 트인 느낌이다. 회령에서 간도로 들어가 반대쪽의 종성(鐘城), 온성(穩城)을 지나 경원(慶源)으로 들어가 동해안으로 나와 웅기(雄基)로 나가보지 않으면 북선 전체를 이야기할 수 없다. 나는 이 노선을 따라 가보지 못한 것을 유감으로 생각한다.

북선의 기후는 경성 이남에 비해 약 한 달 뒤늦다. 북으로 갈수록 점차 추워진다. 그래서 겨울도 한 달 빨리 온다. 6월 초라고 하면 경성 이남은 보리를 수확하고 모내기를 하는데, 원산 이북에서는 보리가 아직 새파랗다. 나남 이북에 이르면 보리 이삭도 아직 여물지 않을 정도이다. 경성 이남의 5월 무렵의 날씨로, 춘추복으로 충분하니 여행하기에는 매우 쾌적하다. 저녁에는 추위를 느낄 정도이다. 그러나 회령에서 간도 방면으로 나가면 갑자기 더워져 대륙적인 폭염이 이미 몸에 느껴지고 더운 열기가 심하다. 한여름의 고열이 떠오른다.

중요한 도시

함경선에서 중요한 도시라고 하면 원산, 영흥, 정평(定平), 함흥, 홍원(洪原), 북청(北靑), 이원(利原), 단천(端川), 신흥(新興) 등이다. 이상은 함남에 속한다. 함북으로 들어가면 성진, 길주, 명천(明川), 고무산(古茂山), 주을(朱乙), 경성(鏡城), 나남, 청진, 회령, 종성, 온성, 경원, 경흥의 순서로 도시가 있다. 이중에서 함흥은 함남의 도청소재지이고, 나남은 함경북도의 도청소재지이면서 동시에 사단

소재지이다. 성진과 청진은 함북의 오래된 상업 항구로 유명하다. 여기서는 함흥 나남의 양쪽을 중심으로 이야기하고 다른 곳은 언급하지 않겠다.

함흥은 인구 약 18만의 땅이다. 내지인 6천, 조선인 17만 남짓, 구미인 20명이다. 이것이 함흥면 전부의 인구로 함흥시만으로는 약 4만이다. 이중 내지인이 약 6천이다. 내지인은 함흥시의 중앙에 내지인 마을을 이루고 있다. 경성으로 말하면 대략 구 용산의 내지인마을 정도이다. 관공서로는 도청, 면사무소, 헌병대, 여단, 연대 등이 있다. 경찰서, 우체국, 재판소 등은 원래부터 있었다. 학교는 의외로 정돈되어 있다. 내지인을 위해 소학교, 중학교, 고등여학교가 있다. 조선인을 위해 보통학교, 고등보통학교, 농업학교 등이 있다. 은행은 식산은행 지점과 한일(韓一)은행 지점뿐으로, 그 밖에 금융조합과 북선상업은행이라고 하는 것이 있다. 병원은 도립병원이 있다. 전기나 수도 설비는 원래 있었다.

상공업도 상당히 행해지고 있는데, 딱히 이렇다 할 정도의 것은 없다. 조선인이 경영하는 주조회사의 굴뚝과 전기회사의 굴뚝이 눈에 띄는 정도이다. 올해부터 가타쿠라(片倉) 섬유공장이 설립되었다. 이는 원산 부민(府民)을 총동원해 혈안이 되어 원산에 설치하려고 한 것인데, 실제 사업은 그렇게 대규모가 아니다. 지금은 수백 명의 직공을 쓰고 있는 정도이다. 이 외에, 함흥탄을 채굴하고 있는 제국탄업(帝國炭業)의 지점이 있다.

그 외에는 회사다운 회사는 보이지 않는다. 예의 성가신 질소회사는 함흥에서 3리 정도 떨어진 서호진에 이웃한 내호(內湖)에 있다. 또 유명한 조선수전(朝鮮水電)은 함흥에서 5리 거리에 있는 신흥리에 있다. 직원도 직공의 사택도 그 지역에 있어서 이들 회사가 함흥에 미치는 직접적인 영향은 대단하지는 않은 듯하다. 가장 성한 곳은 여관과 요릿집 정도일 것이다. 그렇기 때문에 함흥은 평판만큼 경기가 좋지는 않다. 그러나 도청소재지이기도 하고 교외에 2대 회사를 가지고 있기 때문에 실질 이상으로 함흥의 인기를 자아내고 있어 내지인의 수는 날로 늘어나기만 해서 현재는 셋집이 동이 났다. 셋집을 지으려고 해도 곧 시가지 개정이 있을 거라고 하니 기다리고 있다. 조선인의 가옥도 빌리는 것이 용이하지 않는 것 같다. 이 근처의 조선인은 가옥을 내지인에게 팔거나 세를 놔 생계를 유지해야할 정도로 가난한 사람이 적은 것 같다.

함흥의 교외 근처에 미쓰비시(三菱) 알루미늄 회사가 생긴다고 하는 이야기가 있다. 이렇게 되면 함흥의 장래는 유망하다. 함흥은 평야 가운데에 있어 함흥 안내에는 광야 십여 리라고 크게 적혀 있는데, 정말로 그 정도인지 아닌지 계량할 수 없으니까 확실한 것은 말할 수 없지만, 한눈에 바라봐도 확실히 몇 리에 걸쳐 광야가 펼쳐져 있다. 성천강(城川江)이라고 하는 큰 강이 시외를 흐르고 있는데, 평소는 물이 말라 퇴적해 있는 곳을 띠처럼 얕게 흐르고 있을 뿐이다. 우기가 되면 이 하천은 금세 범람해 함흥 시를 침수시키기 때문에 이윽고 지난번에 제방을 쌓아올렸다. 서호진은 함흥에서 3리 동쪽에 있다. 조금 돈을 들여 제방을 만들면 훌륭한 항구가 될 것이다.

함흥이 번성하자 서호진도 자연스럽게 번성하게 되었다. 지금은 일개 어항에 지나지 않는 함흥은 몇 리에 걸쳐 평야 그것도 만주식 모래땅으로 바람이 많다고 하니까 풍진으로 가득 찬 풍경은 흡사 펑톈(奉天)에 있는 듯한 느낌을 방불케 한다. 겨울에 한풍이 불어 닥칠 무렵이 되면 상당히 고통스럽다. 다만 시가지가 반용산(盤龍山)이라고 하는 소나무 작은 산을 가까이 두고 있어 그럭저럭 우아한 정취를 자아내고 있다.

함흥은 아직 하수도 설비도 없다. 게다가 아직 시가지 개정도 되어 있지 않다. 앞으로 함흥이 팽창해 가려 해도 방향이 정해져 있지 않은 상황이다. 가까운 시일 내에 시가지 개정만은 정해두지 않으면 함흥의 팽창과 발전은 매우 저해될 것이다. 함흥은 이조 태조인 이성계가 있었던 곳이라고 하므로 고적 본관이라고 하는 궁전이 지금도 수리를 해가며 보존되어 있고 함흥 명소의 하나로 일컬어지고 있다.

북선에서 함흥과 서로 대치하고 있는 것은 함북 도청소재지인 나남이다. 나남은 원래 도청소재지였던 경성(鏡城)에 인접해 청진에는 기차로 1시간, 자동차로 30분에 도착한다. 함흥 같은 평야는 아니지만 청진으로 가는 3리 간은 평야이기 때문에 규모가 작다고만은 할 수 없다. 광야가 아닐 뿐, 함흥처럼 살풍경하지는 않다. 사방에 작은 산이 많다. 이 지역은 경성에 인접한 한촌(寒村)이었는데, 1907년 주차군(駐劄軍)의 병영이 생겨 비로소 내지인이 들어가 살게 되었다. 1914년에 여단사령부가 생기고 1919년에 제19사단이 설립되었다. 1920년에 도청이 경성에서 옮겨와 점차 내지인의 수가 늘어 지금은 군대를 별도로 하고 일반 거주 민관 6천 명에 달해 함흥의 내지인과 마찬가지의 수에 이르고 있다. 조선인은 7천 내외이다.

이곳은 군대에 의해 새롭게 생긴 곳이기 때문에 신개척지로 시가지도 정연하고 거리도 넓다. 군용지를 시가지로 나눈 것이다. 나남은 병대촌이라고 하는데 과연 말 그대로이다. 병대에 의해 생긴 마을에서 병대에 의지해 살아가는 마을이다. 그러나 지금은 도청소재지가 되었기 때문에 관위학교, 병원 등도 정돈되었다. 중학교나 여학교도 있다. 조선인 교육을 위한 보통학교, 고등보통학교, 여자고등보통학교 등도 있다. 수도나 전기도 있고 상품 진열관도 있다. 한 도(道)의 수부(首府)로서 기관이 갖춰져 있다. 함흥에 비해 조선인의 집은 적지만 시가지로서는 정돈되어 있다. 도청산업 과장인 호리카와(堀川) 씨가 안내해줘서 나남 신사(神社)에 올라 나남을 내려다보며 도시 전체의 설명을 들었다.

함북의 청진은 함남의 원산에 비교할 만한 지위를 가지고 있다. 그러나 청진은 내지인 약 7천 명, 조선인 약 만 명인데 수출입 합해 3,366여만 엔인 것에 비해, 원산은 내지인 인구 약 만 명이고 조선인은 2만 7천이다. 시가지도 원산 쪽이 크다. 그러나 무역액은 1926년 원산 무역액은 수출입 합해 2천 7백여만 엔이므로, 무역액은 청진 쪽이 많은 것 같다. 청진은 간도 혼춘(渾春)²⁾을 옆에 두고 있기 때문일 것이다. 따라서 항구는 원산보다 활기가 있는 것처럼 생각되는데, 청진은 작은 산을 등지고 바다에 면해 있어 진남포와 많이 닮았다. 시가지는 그다지 넓지 않고 해안에 띠처럼 마을이 형성되었다. 관사나 주택은 작은 산에 띄엄띄엄 흩어져 있다.

성진(城津)은 원산, 청진, 웅기와 함께 북선 4대 항구의 하나로

---

2) 원문 표기를 따름.

불리고 있다. 1899년에 개항해 항구로서 번영은 청진에 빼앗겨 발달하지 못했다. 조선인은 8천 정도 거주하고 있고, 내지인은 아직 20명에 달하지 않는다. 무역도 천만 내외이다. 따라서 보통 정도로 보인다.

경성(鏡城)은 함북의 도청소재지였다. 아직 성벽으로 둘러싸여 있는데 함흥에 비하면 규모는 매우 작다. 조선인이 5천 명이다. 내지인은 도청을 옮기면서 지금은 백여 명밖에 없다.

회령(會寧)은 한 줄기 띠 모양의 훌륭한 내지인 시가지가 생겼다. 일반 내지인은 2천 3백 내외이고 조선인은 만 명 가까이 있다. 연대가 있어서 병영을 상대로 장사를 하고 있는 내지인이 많아 보인다. 그래도 전기 설비가 있다.

회령 안쪽으로는 종성, 온성, 경원, 경흥 같은 조선인 2만 이상의 인구를 가지고 있는 도시가 있다. 이들은 도청소재지이기 때문에 내지인도 천 명 혹은 5, 6백 정도 거주하고 있다. 동해안에는 웅기라고 하는 항구도 있다. 회령은 함경선의 종점으로 두만강을 경계로 해서 간도와 마주보고 있다. 마치 서선의 신의주와 같은 지위에 있는 것이다.

여기서부터 도문(圖們)철도로 20여 마일 가면 상삼봉(上三峰)에 도착한다. 이곳에서 도문철교를 건너 천도(天圖)철도로 갈아타기 때문에 드디어 지나령으로 들어가는 것이다. 상삼봉이 신의주와 같은 지위에 있다고 할 수 있는데 도문철도를 철도국에서 매수한 다음 전체적으로 개조해 함경선이 상삼봉에 직행할 때가 오면 상삼봉이 서쪽 국경의 신의주와 같은 지위가 될지도 모르겠다. 그러나 지금은 도문철도의 관계자나 헌병대 등이 있기 때문에 우리 내지인이 백여 명 정도 있는 한촌일 뿐이다. 환경이 살풍경하고 토지도 협소하다. 게다가 모래나 돌이 많이 섞인 거친 땅이다. 산에 수목이 없고 들은 황폐해 불탄 자리처럼 윤기가 없고 완전히 건조한 느낌이 드는 오랑캐 땅이다.

함흥도, 나남도, 성진도, 회령도 인구 그 외의 것으로 따져도 부(府)로 바뀔 조건을 구비하기에는 부족한 측면이 있다. 면(面)도 부(府)도 실질적인 힘에 변화가 없다고 한다면 그뿐이지만, 이러한 도시만은 부로 개칭해 도시로서 상당한 설비를 갖춘 곳으로 만들었으면 한다. 이 지방 사람들도 그렇게 되기를 희망하고 있는 것 같다. 그리고 북선의 조선인 가옥은 조선의 다른 도에 비해 가옥이 조금 크고 기와도 군데군데 보인다. 대체로 다른 도에 비해 생활이 편한 것처럼 보인다.

대규모 질소회사나 수력전기

유명한 함흥 질소회사나 조선수전(朝鮮水電) 회사는 어느 곳이든 함흥 교외 3리 되는 곳에 있다. 질소회사는 내호(內湖)라고 해서 함흥에서 3리 떨어진 곳에 있는 서호진 앞의 만(灣)에 인접해 있다. 수천만 엔의 공사비라고 하니 상당히 큰 규모이다. 현재 아직 공사 중이어서 천 명 내외의 내선지(內鮮支)³⁾의 인부가 토목공사를 한창 하고 있다. 건축물은 일고여덟 걸음 정도 되는 도로에 만들어진 것 같다. 사무소도 생겼다. 백 명 내외의 회사원이 사무를 보고 있다. 아직 공장이 완성되지 않았는데도 많은 사원을 고용해 무슨 일을 하고 있는지 모르겠지만, 사원은 모두 바쁜 듯이 사무를 보고 있다. 모두 예의 여름철 복장을 하고 있다.

수천 평의 큰 공장도 올해 안에는 대략 준공되어 내년 봄까지는 기계를 설치해 드디어 질소 제조에 임한다고 한다. 매년 외국에서 우리나라에 수입해오던 질소 비료 5백만 엔어치를 이 공장에서 한 번에 인수할 계획이다. 이 질소회사와 자매회사 관계에 있는 조선수전은 함흥에서 서쪽으로 몇 리 떨어져 있는 신흥리에서 현재 공사 중이다. 이곳도 내년 봄까지는 준공된다고 한다. 여

---

3) 이른바 '내지' 일본, 조선, 중국을 가리킴.

기에도 수천 명의 내선지 인부가 작업에 종사하고 있다. 이 수전 준공이 이루어지는 날은 전력을 질소회사에 사용해서 발전(發電)에 사용한 물을 함흥평야로 흘려보내 함흥 몇 리에 걸친 황야를 옥답으로 바꾸려고 계획하고 있다. 4천5백만 엔의 공사비라고 하니 그 규모의 크기를 알 수 있다. 10만 5천 6백여 킬로와트의 전력을 만들어낼 계획이다. 질소회사에서는 내호에 회사 전용의 방파제를 짓고 있다. 그 경비만으로도 4백만 엔이라고 한다. 만사가 이런 상태로 진행되어 사장 노구치(野口) 씨가 경영하고 있는 질소회사와 수전은 함흥 번영의 책원지(策源地)로 될 만한 요소를 가지고 있다.

이 외에 함흥 교외에 미쓰비시 알루미늄회사 계획이나 미쓰비시가 계획하고 있는 장진수전(長津水電) 등은 내년 무렵에는 착수될 것이라고 한다. 알루미늄 회사 부지는 함흥 교외 본관 부근에 수만 평의 예정지를 사놓았다. 장진수전은 함흥에서 28마일 떨어진 곳에 있는데, 발전소에서 22만 킬로와트의 발전을 만들어 이를 함흥에 보내 알루미늄 제조에 착수하게 되는 것이다. 공사비 억만 엔의 예정이다. 질소회사와 수전은 빈약한 함흥에 들판의 거대한 기둥처럼 사람들의 눈을 끌고 있다. 이 2대 회사가 함흥에 대해 현재와 장래에 주게 될 영향은 실로 크다. 확실히 함흥 번영의 2

대 책원지이다.

그러나 노구치 준(野口淳) 사장의 인망이 함흥에서 그다지 좋지 않다. 이것은 노구치가 오만해서 사람을 사람으로 보지 않고 함흥의 공공사업에 조금도 원조를 하지 않아서이다. 그뿐 아니라, 내호의 질소회사 부지 30만 평을 매수할 때 함흥의 유지가 상당히 힘을 쏟았는데 지금까지 아무런 인사도 하지 않았다. 그는 사업가이긴 하지만 인간으로서 또 사회인으로서 너무 비신사적인 남자라고 평이 나 있다. 이 부지 매수에 응해 내호에서 물러나 구룡리(九龍里)로 이주한 천여 명의 조선인은 이번에 대표자를 선출해서 총독부에 노구치 준 씨의 배덕을 호소하고 있다. 이는 내호에서 천여 명의 조선인이 물러났을 때, 이전한 곳의 구룡면에 도로나 그 밖의 사회적 설비를 기부한다고 약속했는데 노구치가 실행하지 않기 때문이다. 결과적으로 사람들을 속여 물러나게 한 것이다. 노구치 측에도 상당한 이유가 있겠지만 아무튼 노구치 씨는 인간으로서 함흥의 내선(內鮮) 사람 양쪽에 평판이 나쁘다. 그는 현재 거액의 자본을 투자해 큰 사업을 도모하고 창업하려고 하고 있으므로 사업에 모든 힘을 들이고 있는 터라 그 밖의 것을 돌아볼 여유가 없겠지만 노구치의 성격으로 봐서 회사의 창업이 일단락 지어진들 공공사업에 힘을 쏟는다든가 사회인으로서 상응하는 예를 다할 인물인지 어떤지는 의문이다. 대사업가도 인간으로서 이렇게 평판이 나빠서는 곤란하다.

사장이 이런 상태라면 회사의 사무원에 이르기까지 완전히 비사회적이다. 특히 신문사 사람들을 기피하기를 뱀이나 전갈같이 몹시 싫어한다는 평판이 있다. 광고료나 원조를 요청 받는 것을 싫어하는 것도 그 원인 중의 하나일 것이다. 사업이나 공사 상황을 물어보는 것도 그다지 좋아하지 않는다는 소문이다. 나는 함흥 유일의 일간신문 사장 하타케모토(畑本) 씨의 안내로 함흥에서 3리 떨어진 내호에 자동차를 달려 질소회사를 방문해 사무주임과 만날 것을 요청했지만 없다고 하는 대답을 들었다. 그렇다면 다음 지위의 사람이라도 만나고 싶다고 말하자 그 역시 거절하고 만나주지 않았다. 회사의 상황 보고서라도 줄 수 없는지 물었더니, "없다"고 거절했다. 나는 하타케모토 씨와 얼굴을 마주하고 쓴웃음을 짓고 헤어졌다. 이런 상태로는 함흥 사람들이 노구치 씨의 험담을 이야기하는 것도 무리가 아니라고 생각된다.

노구치 씨는 사업가로서는 위대하다. 그러나 동시에 조금 인간미를 가지지 않으면 안 된다. 이런 상태로 가다가는 아마 장래에 내부에서도 노구치 공격의 불씨가 오르지 않으란 법이 있겠는가. 사업은 돈과 기계만으로 원활히 성공할 수 없다. 어찌 됐든 대인 관계, 대사회적 관계를 원활히 해나가는 것을 잊어서는 안 된다고 생각한다. 어떤 자본가라도 사회의 일원인 것을 잊어서는 안 된다.

북선의 수리사업과 석탄

북선은 산악지처럼 생각해왔는데 실제로 가보니 함남에는 상당한 평야가 있고 함북에도 상당히 있다. 함남의 평야로 말할 것 같으면 안변(安邊), 영흥, 정평, 함흥, 홍원, 북청, 이원, 단천 등이다. 이 중에서 함흥의 평야는 사방 이십 리라고 불리고 있다. 그렇게 큰지 어떤지 확실한 것은 측량해보지 않으면 알 수 없지만 아무튼 상당히 넓다. 조선 3대 평야의 하나로 일컬어질 만하다. 함북에 들어가니 큰 평야는 없지만 그래도 길주, 나남, 수성(輸城) 등은 상당히 넓은 평야이다. 회령에서 동해안으로 나오면 경성, 온성, 경흥 등의 지방에는 상당한 평야가 있다고 한다.

이상 함남북도의 평야 대부분은 수리관개의 편의시설이 없는 밭이다. 보리, 대두 등은 상당히 나오지만 함남북의 쌀 생산은 도민의 수요에도 미치지 못한다고 한다. 이에 수년 전부터 수리사업을 장려하고 함남에서는 중앙수리조합은 말할 것도 없고 안녕(安寧), 북청, 정평, 단청 등에 수리사업을 일으켜 이미 준공한 곳도 있다. 함흥도 위와 같이 내년 수력발전의 물을 기다려 기공하게 되어 관개구역 만 정보(町步) 이상에 달하는 수리조합을 만들고 이미 준비에 착수했다. 이 외에 천 정보 이상의 몽리(蒙利)[4] 구역 예정지는 십여 곳에 이른다. 현재 이들 각지에 수리사업을 일으킬 계획 중이라고 한다. 함북에 수성(輸城), 동해(東海), 악산(樂山), 학동(鶴東), 온성, 경원 등에 수리사업을 일으키고 있다. 또 각지에 수리조합 설치를 계획하고 있다고 한다.

이 외에 북선의 산업 일반에 대해 적고 싶지만 이에 대해서는 전(前) 호의 본 잡지에 「북선으로 북선으로(北鮮へ北鮮へ)」라는 표제어로 전반적인 것을 썼다. 특히 북선 산물에서 가장 중요한 석탄에 대해서도 대략을 적었기 때문에 여기에서 다시 말하지는 않겠지만 역시 석탄에 대해서는 전 호에 기재한 내용에서 빠진 것이 있어 보충해둔다.

함남북도의 석탄은 실제로 가 보니 가는 곳마다 석탄 산출지인 것에 놀랐다. 현재 실제로 채굴에 착수하고 있는 곳은 영흥, 함흥, 북청, 성진, 명천, 우기령(牛氣嶺), 나남, 회령, 봉의(鳳儀) 및 회령 부근의 계림(鷄林) 등의 십여 곳에 지나지 않지만 이미 허가를 받고 아직 착수하고 있지 않은 곳은 3백 광구 이상에 달하고 있다.

---

4) 저수지 시설 등에서 물을 받는 것을 말함.

매장량이 조금 명확해진 곳은 나남탄 천만 톤, 길주탄 5천만 톤, 명천탄 9천만 톤, 우기령탄 2천만 톤, 회령탄 5천만 톤, 온성탄 1억2천만 톤, 경원탄 3억4천만 톤으로 북쪽으로 갈수록 매장량도 많고 석탄 질도 좋다고 한다. 칼로리를 비교하면 함흥 59, 명천 55, 우기령 59, 나남 55, 온성 44라고 한다. 회령탄은 59라고 한다. 이를 내지탄이나 푸순(撫順)탄의 68 이상의 칼로리 힘과 비교하면 떨어지지만 그 대신에 지속력은 더 좋다고 한다.

또 북선탄은 불이 잘 붙지 않고 풍화되기 싶다고 하는 결점이 있지만 그 대신 불이 오래 붙어 있고 가격이 싸다는 장점이 있다. 다만 풍화하기 싶다는 것이 가장 결점인데, 다만 푸순탄이나 내지 탄보다 훨씬 싼 값에 시장에 나올 수 있으면 다소의 결점이 있어도 상당히 수요가 있을 것으로 생각된다. 특히 석탄에서 중유(重油)를 뽑아내는 것을 생각하면 북선탄의 수요는 더욱 증가할 것이다. 아무튼 북선탄을 언제까지나 지하에 묻어두는 것은 아깝다. 북선탄의 채굴과 판로 확장을 잘 도모해야 할 것이다. 그 외에 북선의 산물 중에서 중요한 한 가지로 임업을 소개하고 싶지만 다음 기회에 하겠다.

북선에는 역시 여러 보석이 있다. 석유도 있을 것 같다. 큰 부자가 되려는 사람은 북선의 보고를 찾아봐야 할 것이다. 아직 북선에서 큰 벼락부자가 나오지 않은 것이 신기할 뿐이다.

주을(朱乙)온천

북선에서는 온천이 곳곳에 있다. 성진 부근의 기차 연도에 몇 곳이 있다. 그러나 조선인이 잠깐 가는 정도여서 대단한 설비는 없다. 설비를 갖추면 상당한 온천장이 될 것이다. 북선의 명물이라고 하면 역시 주을온천이다. 이 온천은 온도가 높고 양이 많은 데다 질이 좋다. 동래(東萊)도 유성(儒城)도 신천(信川)도 이에 미치지 못한다. 아마 조선 전체에서 제일이다. 그리고 물의 양이 많은 황천(荒川)과 초록이 우거진 산을 가지고 있고 산수의 아름다움을 갖추고 있다. 금강산 산자락의 온정리(溫井里) 온천은 별도로 두더라도 다른 곳에는 이처럼 산이나 물을 가지고 있는 온천지는 조선에 없다.

아직 온천 여관이 적어 가는 곳마다 콸콸 솟구쳐 흐르는 온천을 하천에 내버리고 있는 것을 보니 정말이지 너무나 아까웠다. 목욕 후에 강물의 흐름을 따라 계속 가니 꾀꼬리 소리가 들려 그야말로 별천지에 있는 기분이다. 아직 온천 여관이라고 하는 것은 서너 곳밖에 없다. 그중에서 선선각(鮮仙閣)이라고 하는 곳은 만철

(滿鐵) 시대에 만철에서 출자해 경영했기 때문에 내지의 온천에서 도 볼 수 없는 웅대한 설비를 갖추고 있다. 그러나 역시 목욕객이 적어 이 몇 채의 온천여관도 유지하기가 매우 곤란하다고 한다. 동래식으로 싼 내선(內鮮) 여자를 모아 두는 것도 번영시킬 방책 의 하나라고 생각한다. 지금처럼 해서는 초라해서 도저히 장기 체 류는 할 수 없다. 또 요양 전문으로 장기 체류하기에는 조금 더 안정적인 방을 많이 증설할 필요가 있다. 온천여관 이외의 내지인 으로서는 아직 몇 채밖에 없다. 조선인도 수십 호에 지나지 않는 다. 아무튼 이런 조선 제일의 온천지를 언제까지나 초라하게 놔두 는 것은 안타까운 일이다. 경성(京城) 부근에서도 주을온천 경영에 나서보면 어떨까.

두만강(豆滿江)

두만강은 도문강(圖們江)[5]이라고도 적는다. 회령역 앞은 바닥이 드러난 넓은 강변이다. 안으로 한 줄기 물이 띠처럼 흐르고 있다. 이를 회령천이라고 부른다. 이 회령천은 회령역 아래에서 두만강 에 합류한다. 두만강은 회령에서 20정(町) 정도 되는 건너편 작은

---

5) 이하 두만강을 '도문강'으로 표기하는 것은 원문을 따른다.

산자락을 흘러 회령역 아래에서 회령천과 합류한다. 회령 부근에서 삼봉 근처까지는 강폭이 1정(町)도 되지 않는다. 반 정 정도의 곳이 많다. 따라서 깊이도 알 수 있다.

도문철도는 회령역을 나와 이 작은 두만강 동쪽 연안을 달린다. 유명한 두만강이 이런 작은 강물이라고는 아무래도 믿어지지 않았다. 보통 두만강 물은 회령 부근에서는 새파랗다고 하는데, 상류에 비가 내린 탓인지 진흙 같은 흙탕물이었다. 양쪽 기슭의 산은 민둥산이고 들판은 기둥으로 완전히 살풍경한 광경이다. 이런 작은 하천으로 조선과 지나가 경계로 나뉘고, 한달음에 건널 수 있는 이런 작은 하천의 맞은편 기슭이 지나령이라고 생각하니 어처구니가 없었다. 도문강은 장백산(長白山)[6]의 동쪽 기슭에서 흘러 울창한 산을 지나 회령으로 나와 온성 경흥 훈춘을 지나 일본해로 흐른다. 조선과 간도를 연락하는 상삼봉 철교 부근에서는 강폭이 3정(丁) 남짓 된다. 온성 근방에서 하류 30리 정도는 강폭도 몇 정(町)으로 넓어져 기선도 항행한다. 회령 부근에서 강폭이 좁아지는 것을 보고 오히려 놀랐다. 연장 90리로 압록강 140리에 비하면 3분의 2이다. 배 항해 구역도 짧다.

이런 작은 강도 상류에서는 지나와 조선의 국경을 이루고 하류

---

6) 백두산을 '장백산'이라고 표기한 것은 원문 표기에 따른 번역임.

에서는 조선과 러시아 영토의 국경을 이룬다. 강이 작은 만큼 국
경 문제도 자연히 많아지기 일쑤다. 회령에서 상삼봉 맞은편 지나
령에는 지나인이 거의 없고 조선인만 살고 있다. 그런 이유로 설
명을 듣지 않으면 도문강인 것을 알아차리지 못한다. 도문강 상류
에서 지나와 조선의 경계를 이루는 것은 아무래도 부자연스러운
느낌이 든다. 그러나 물의 흐름으로 보면 상류가 아무리 좁아도
도문강은 역시 도문강이기 때문에 하는 수 없다.

북선의 교통

함경선이라고 하는 것은 함흥 회령 간 철도를 총칭하기 때문에
이 사이 391마일 남짓을 가리킨다. 경성에서 원산까지 140여 마일
된다. 따라서 경성 회령 간은 520여 마일 된다. 경부선의 280여
마일, 경의선의 310여 마일에 비하면 상당히 긴 선로이다. 조선에
서는 가장 긴 선로이다. 사철로 함흥에서 서신흥리까지 25마일 남
짓의 협궤 철도를 부설하고 있다. 이 선은 압록강 강가의 만포진
(滿浦鎭)에 이르는 218마일까지 연장할 계획이다. 사철은 고무산
부터 신침(新砧) 간 23마일의 협궤를 부설해 기차를 다니게 하고
있다. 이 선은 혜산진(惠山鎭)까지 (205마일) 연장할 계획이다.

도문철도는 회령에서 도문강 연안을 달려 동관진(潼關鎭, 45마일)까지 기차를 달리고 있다. 회령에서 35마일의 상삼봉에서 꺾어 조선과 지나를 연결하는 도문강 철교를 건너 맞은편 기슭의 강안(江岸)이라고 하는 역에서 간도 행 천도철도와 연결된다. 천도철도도 협궤로 용정촌(龍井村)까지는 36마일이다. 이 천도철도는 용정촌에서 26마일 떨어진 노두구(老頭溝)까지 이어져 있다. 차오양(朝陽)에서 쥐쯔제(局子街)[7]로 길이 나뉜다. 용정촌에서 쥐쯔제까지는 10마일 정도로 한 달음에 달릴 수 있는 거리다. 용정촌에서 쥐쯔제까지는 자동차로도 갈 수 있다. 도문철도도 천도철도도 협궤인데다 차량도 선로도 나빠서 느릿느릿 가는데다 덜컹거려서 몹시 고통스러웠다.

회령에서 용정촌까지는 총 연장 70마일 남짓의 단거리인데, 그래도 거의 하루를 써야 한다. 특히 천도철도는 지나인이 기차를 운행하고 있기 때문에 불결하고 느리기가 상상을 넘는다. 도문철도는 조선 철도국에서 매수하기로 결정했다. 이를 매수해서 광궤로 개축하고 이를 한 층 더 연장해 종성, 온성, 경원 각지를 지나 동해안으로 나가 웅기에 도착하는 백마일 가까이 철도를 부설하기로 결정한 것이다. 동관진에서 선로 예정선도 단계적으로 결정

---

7) 간도의 중심 도시.

되어 가까운 시일 내에 공사에 착수한다. 이렇게 되면 북조선의 교통로에 일대 혁명을 일으킬 것이다. 북선 개발에 일대 변화를 주는 일이라고 생각된다.

이 외에 길회선(吉會線)은 둔화(敦化)[8]에서 온성, 경원의 중부를 통과해 나진만으로 나가게 할 계획이라고 하니 회령이나 나남, 청진 사람들은 반대운동을 일으켜 회령으로 끌어당겨 청진으로 나가도록 바꾸기 위해 분주하다. 교통로는 가능한 한 다방면에 걸친 쪽이 일반적으로 개발에 이익이다. 이 점은 회령이나 청진 사람들이 시야를 크게 생각하는 편이 좋을 것이다.

북선의 인물

북선의 인물이라고 하면 관존민비(官尊民卑)의 오래된 머리에서 나온 것은 아니지만 역시 남북 양도의 지사 각하를 필두에 올릴 수밖에 없다. 지사 이상으로 유명한 인물이 없다니 딱한 일이지만 하는 수 없다. 지사는 우선 대단한 명사격이다. 시골에서 지사가 거만하게 구는 것도 무리는 아니다.

함남의 나카노 다이사부로(中野太三郎) 지사는 침착하고 안정돼

---

8) 지린(吉林) 성에 있는 현.

있다. 말수가 적은 편인데 사려도 깊고 도내(道內)의 개발에 열심이다. 소위 불언실행(不言實行)주의이다. 사람을 대할 때 상대에게 주는 느낌도 나쁘지 않다. 매우 지사다운 관록과 지방장관답게 직무에 충실한 관리의 모습이 엿보인다. 다만 발랄한 생기와 종횡으로 활기가 부족한 것 같다. 늘 뭔가 깊이 생각에 잠겨 있는 모습이다.

내무부장인 이즈미사키 사부로(泉崎三郎) 씨는 부산 부윤에서 전근해 온 사람이다. 매우 부드럽고 성실한 사람이다. 부드러운 사람이 강한 사람을 제압한다는 그런 느낌의 사람이다. 경찰부장에게도 조금 경의를 표했지만 존함을 빠뜨리고 못 들었다. 아마 직원록에 있는 시카노(鹿野)라는 사람일 것이다. 선대(仙臺)에 있었던 적이 있다고 한다. 선대와 북선의 한기가 어느 쪽이 가혹한지 물으니 조선이 더 고통스럽다고 대답했다. 참여관 박승봉(朴勝鳳) 씨, 재무부장 김시권(金時權) 등 여러 사람을 만날 수 있었다. 재무과장에 요시무라 히데조(吉村秀藏)라는 사람이 있었다. 내가 강연을 끝내고 회장을 나가자 이 사람이 붉은색 테두리를 두른 모자를 벗어 명함을 내밀고 동향이라고 이야기했다. 동향이라는 말을 들으니 그리운 기분이 들었다.

민간에는 이렇다 할 사람이 없는 것 같다. 함흥 면장에 이노우

에 신(井上新)이라는 사람이 있는데 만나지는 못했다. 번영회장에
아무개 의사가 있는데 그 역시 만나지 못했다. 함흥 유일의 신문
사 북선 지사의 하타케모토(畑本) 씨는 20년 전부터 함흥에 들어
가 활자를 찍는 일까지 스스로 해서 오늘날 원산매일신문과 나란
히 함남에서 기초 있는 신문을 쌓아올려 당당한 신문사 사장이 되
었다. 참아내는 인내의 위대함을 그에게 느꼈다.

함북에서는 전부터 알고 있던 아다치(足達) 지사 각하가 이케가
미(池上) 정무총감의 안내역으로 여행 중이었기 때문에 만날 기회
를 얻을 수 없었다. 아다치 씨는 아직 취임한 지 얼마 되지 않아
수완이 어떤지 미지수인데, 함남의 나카노(中野) 지사와는 정반대
로 다리는 안 좋지만 입은 건강해 기력이 왕성해 뭔가 상당한 일
을 할 사람으로서 함북 사람들은 기대하고 있는 것 같다. 아무쪼
록 기대를 저버리지 않도록 노력해주면 좋겠다. 함북의 일은 앞으
로가 중요하니까.

내무부장에 김동훈(金東勳)이라는 사람이 있다. 이 사람은 전남
의 재무부장에서 이곳으로 전근 온 지 아직 날이 얼마 지나지 않
았다고 한다. 재기가 번득이는 듯한 사람으로 다방면에 응수해 막
혀 나아가지 못하는 것이 없는 능력을 보여주고 있다. 실례되는
말이지만 조선인 부장치고는 너무 딱 잘라놓은 듯한 느낌이 들었

다. 아다치 지사가 없기 때문에 이 사람에게 많이 신세를 졌다. 이 사람은 솔선해서 청 내에서 강연회 개최에 노고를 아끼지 않았다. 스스로를 대수롭지 않은 사람으로 청중에게 소개했다. 산업과장인 호리카와 시게하루(堀川重治)라고 하는 사람이 안내역이 되어 시내 각 기관을 보여주었다. 온후하고 자긍심이 강한데다 성실해서 딱딱하지 않은 듯한 느낌에 충실하고 선량한 관리였다. 이전에는 이 고장의 학무과장이었다고 한다. 장차 되지 못할 것이 없는 그런 사람일 것이다. 재무부장인 아베 메이지타로(阿部明治太郎)라는 사람을 잠깐 만났다. 온후하고 충실한 사람이었다. 참여관인 이윤영(李胤榮) 씨나 아베(阿部) 경찰부장은 회견의 기회가 없었다.

나남의 민간에도 이렇다 할 인물은 없는 것 같다. 아무개 변호사가 나남에서 신문을 경영하고 있다는 이야기를 들었다. 청진에서는 이전부터 알고 있던 북선일보 사장인 오카모토(岡本) 씨가 안내역을 해 주었다. 그는 청진에 20년 거주하고 있다. 북선 개척의 최선봉에 있는 사람이다. 신문 쪽도 기초가 견고해서 가까운 시일 내에 윤전기를 갖출 기세여서 기뻤다. 일전에 삼상 청진 부윤과 의견이 충돌했다는 이야기였다. 부윤 따위를 상대로 이러니저러니 작은 다툼을 할 것이 아니라 오로지 북선 개척에 매진해주길 바란다. 그는 청진신사에 나를 안내해서 울창한 송림을 소요하면서, 이 송림이 우리(오카모토 씨)가 십여 년 전에 심은 것이 이렇게 된 것이라고 자랑하는 얼굴로 말했다. 나무가 울창한 만큼 오카모토 씨의 세력과 인망도 더욱 확대될 것을 진심으로 바라는 바이다.

북선에 대해서는 역시 기록할 만한 많은 재료가 있는데 너무 길어져서 이것으로 우선 붓을 놓는다. 여행 중에 일어난 일이나 보고 들은 것 중에 재미있는 일도 상당히 있지만 사정상 다음 호에 적어 발표하겠다.

『朝鮮及滿洲』, 1928.8.

북선을 보고

●

이시모리 히사야(石森久弥)

이시모리 히사야(石森久弥)

이시모리 히사야는 1913년에 식민지 조선으로 건너와 조선공론사에 입사한 후, 사회부장과 편집장을 거쳐 주필로 활동하다 1921년에 조선공론사의 사장으로 취임했다. 잡지 『조선공론(朝鮮公論)』(1913.4~1944.1)은 『조선 및 만주』와 더불어 식민지 조선에서 오랜 기간에 걸쳐 간행되어 식민주의 담론을 지속적으로 담아낸 종합잡지이다.

서언(緒言)

만약 내지에서 온 여행자에 대해 부산에서 경성까지 야간열차를 타게 해 금강산에서 원산으로 나와 함흥에서 나남 주변까지 낮기차를 타고 차창으로 북선 일대의 장전곡포(長汀曲浦)[1]를 보여준다면, 결코 조선의 풍광이 삭막하다든가 민둥산 붉은 지옥이라든가 그런 살풍경한 평가가 나오지 않을 것이라고 믿는다.

조선 곳곳을 여행하면서 함남 함북의 여행만큼 기분 좋은 곳은 없었다. 특히 함남에서 기차를 타고 차창으로 보이는 경치는 흡사 도카이도(東海道)[2]의 푸른 경치를 (미야지마[宮島] 부근) 규모와 색

---

1) 해안선이 긴 갯벌을 말함.

채, 윤곽을 더욱 크게 해 놓은 것 같았다. 또 한편에서 그 경치에 수많은 변화가 있다고 말할 수 있다. 도카이도 선(線)도 좋은 경치에는 틀림없지만, 이는 이미 인공적인 요소가 너무 많다. 흰 모래 뒤쪽으로 붉은 기와, 청송 사이로 백악관 별장이 세워지고 파도가 밀려오는 물가 가까이 콘크리트 기초공사가 가는 곳마다 이루어져 언제든 인공적으로 자연을 정복할 준비가 되어 있다.

그러나 북선 일대의 해안 정경은 결코 인공이 가미되어 있지 않다. 나긋나긋한 소나무 들판 일대에 들어찬 노송의 부드러운 모습, 빛나는 흰 모래밭의 빛, 파도, 어촌, 어부, 산 등 모든 것이 태곳적 자연 그대로이다. 특히 무슨 이유인지 이 근방에 오면 작은 만(灣)이 매우 많다. 이들이 차창 밖으로 펼쳐진다. 경치로 말할 것 같으면 송원(松原), 만, 파도, 만, 만, 파도, 이런 모습으로 모형 정원처럼 귀여운 내해에 조용한 어촌이 있는 것이 그야말로 좋은 정취를 자아낸다.

이곳에는 마음이 이끌리는 잔물결 소리가 묘하게 들리지만 삼천 년 이래 이를 시로 읊고 노래로 부른 아름다운 가인을 보지 못했다. 새벽에 고요한 별 그림자를 물에 담그고 저녁에 달님 노는 월궁전이 조응해도 이를 노래하고 사랑하는 다정다감한 풍류인이

---

2) 일본의 도쿄(東京)에서 교토(京都)까지 태평양에 면한 해안선을 따라 나 있는 가도를 가리킴.

없었던 것이다. 있는 그대로의 평화, 정적, 순박함이 삼천 년 이래의 그림자를 늘어뜨리고 있는 것도 그윽하지 않은가.

"신북청(新北淸)에서 보이는 건너편의 경치는 그야말로 굉장합니다."

사무차장 한 사람이 자신의 일처럼 말을 건네 그의 마음을 매우 감동시켰다. 나는 조선 여행은 상당히 구석진 곳까지 다닌 편이다. 그러나 두 번 다시 보고 싶은 곳은 없었다. 그런데 북선의 여행만은 두 번이고 세 번이고 하고 싶은 기분이다. 송림이 새파랗고 쌍암 절벽 등 주변의 넓고 변화가 많은 바다를 보는 것만으로도 좋았다. 끝없이 넓고 용솟음치는 해조음의 희미한 맥박을 귀 기울여 듣고 있는 것만으로도 좋았다. 위대하고 숭엄하게 인생의 진정한 의의와 정도의 묘체를 암시하는 듯한 바다의 수평선이 멀어지며 아침 해를 보는 것만으로도 좋았다.

어느 날 아침이었다. 기차가 어느 작은 역에 멈췄다. 풍류 있는 역원의 정성일 것이다. 작은 역의 작은 구내에 작은 송엽모란이 심어 있었다. 나무로 된 울타리 옆에 젊은 조선인 두 명이 물끄러미 기차를 보고 있었다. 정류장의 지붕은 붉은색이었다. 역 뒤로는 푸른 바다가 부드러운 살을 드러내고 있었다. 연보랏빛 아침 안개를 헤치고 푸른 바다에서 아침 태양이 힘차게 나오려고 하고

있었다. 문득 바라보니 물가의 부드러운 큰 바위 위에 한 늙은 조
선 여자가 서 있었다. 그녀는 지금이라도 쑥 나올 것 같은 태양을
향해 양손을 머리 위로 들고는 무릎을 꿇고 앉아 엎드려 해를 향
해 절을 했다. 나에게는 그 광경이 흡사 신에게 제사 지내는 무악
으로 생각되었다. 나는 언제까지나 북선의 경치를 칭찬하고 싶다.

북녀남남(北女南男)의 나라

예부터 조선에는 북녀남남이라는 말이 있다. 즉, 북선의 여자,
남선의 남자라는 뜻이다. 함남의 이즈미사키 내무부장 이야기에
의하면 함남은 니이가타(新潟)나 아키타(秋田)의 미인형에 속한다
고 한다. 그 정도로 함남에는 조선 미인이 많다. 처음에는 잘 몰랐
다. 그러나 역에서 타고 내리는 부인을 보면 어느 역에서도 아름
다운 부인이 개찰구를 들어오고 나가는 모습이 눈에 띄었다. '와'
하고 절로 경탄이 나왔다.

시골이라서 화장도 하지 않았다. 약간 검은 대로 놔두었다. 그
러나 색은 검지만 살결은 곱다. 얼굴 생김새가 그야말로 순수하다.
산의 정기라고 해야 할까, 엄숙함이 있다. 굳이 백분을 바르지 않
아도 '미(美)'이다. 때때로 살짝 웃는 것을 보면 정말로 애교가 넘

친다. 그리고 그녀들의 이빨은 어떠한가. 전체적으로 조선의 부인은 이빨이 깨끗한 것 같다. 어느 유명한 기생이 나에게 말한 적이 있다.

"내지의 기생은 아무리 얼굴이 예뻐도 이빨이 검어서 안 됩니다."

이렇게 말하며 진주를 늘어놓은 듯한 이를 보여준 기억이 있다. 그러고 보니 기생이 금이빨을 해 넣는 것은 보지 못했다. 자연 그대로의 광택이 있는 이빨을 정성껏 손질하고 있다.

일본의 기생은 전체적으로 이빨에 대해 무관심하다. 특히 16, 7세의 젊은 여성을 보면 납독이 오른 검은 이를 내보이고도 태연하다.

전체적으로 북선의 여자는 이빨에 특징이 있다. 아마 산에서 솟구치는 약수로 매일 아침 입을 헹구고 있는 이빨일 것이다. 이는 다시없을 정도로 광택이 있는 이빨이다. 게다가 북선의 여자는 매우 일을 잘 한다고 한다. 아름답고 일을 잘 하는 여자는 그다지 많지 않은 법인데, 북선의 여자는 그렇다고 한다. 일본에도 북선의 여자 형에 속하는 여자가 있으면 좋겠다.

북선의 조선 가옥을 보자. 이는 모두 다른 지방보다 큰 건물을 짓는 방식으로, 지붕 모양도 내지의 농촌 가옥에 비해 별반 다르지 않다. 조금 유복한 집은 기와 쌓기 방식이 나고야(名古屋) 성 같은 형태도 있다. 어떤 사람이 말했다.

"이곳은 지나에 가깝기 때문에 지나 가옥 형태에 가깝습니다. 또 전체적으로 집이 큰 것은 옛날부터 중앙정부에서 멀리 떨어져 있기 때문에 가렴주구가 여기까지 미치지 않아서 저절로 부자가 되고 생활이 윤택했습니다. 또 조선에서 옛집을 작게 지은 것은 정부로부터 돈이 있다고 의심 받는 것을 피하기 위해서였기 때문으로, 이 주변은 정부에서 주시할 필요가 없으니까 느긋하게 높은 누각을 짓는 겁니다."

과연, 그런 관계도 있을 것이다. 함흥에서 앞의 철도 연선은 모두 내지의 도카이도 연선에 지은 농가와 조금도 다르지 않다. 따라서 비스듬하고 가는 산맥 일대에 울창한 수목이 자라고 있는 것도 내지와 마찬가지이다. 나는 이런 의미에서 내지의 관광단에게 우선 북선부터 먼저 보여주고 싶다.

함남의 부원(富源)

함남의 부원은 수력발전에서 시작한다. 첫째는 부전강(赴戰江)의 18만6천 킬로와트, 둘째는 장진강(長津江)의 36만 킬로와트, 셋째는 허천강(虛川江)의 22만 킬로와트이다. 첫째는 노구치(野口), 둘째는 미쓰비시(三菱), 셋째는 구하라(久原). 합계 76만 킬로와트이다. 이 전력은 어디에 쓸 예정인가. 노구치는 5천만금을 투자해 내호(內湖)에 질소비료, 철, 석유 제조 미쓰비시와 구하라도 뭔가 계획에 부심하고 있는 듯하다.

그 외, 문천(文川)에서는 오노다(小野田) 시멘트가 시멘트를 만들고 있는데 매장량 6백만 톤이라고 알려져 있다. 그 외, 무연탄(無煙炭), 괴탄(塊炭), 금(金) 등이 매장된 부원이 많다. 분명 이 근방에는 금을 보유하고 있는 광구도 있을 터이다. 문천의 무연탄은 미쓰이(三井)에서 가지고 있던 월등한 12광구가 조선무연탄주식회사 성립 때 병합되었을 것이다. 영흥의 석탄도 근래 싹이 나기 시작해 와타나베 무가이(渡邊無外) 회장이 매우 기뻐하고 있다고 한다. 아무튼 이 근방을 걸으면 어딘지 만주의 푸순 냄새가 난다. 어쩌면 이 근방의 지질은 푸순 주변과 동일할지도 모른다. 그렇다고 한다면 푸순처럼 대 보고(寶庫)가 지하에 틀림없이 매장되어 있을 것이다. 함남의 급선무는 대자본가를 유치하는 일이다. 대자본을 투자하게 하는 일이다. 이즈미사키(泉崎) 내무부장은 다음과 같이 말한다.

"조선의 수력발전 철관 하나에 백만 엔, 이것을 네 개 정도만

해도 4백만 엔이니까. 오호, 오호!!"

이렇게 말하며 얼굴에 놀란 표정을 지었다고 한다. 4개가 아니라 40개라도 설치해야 할 것이다.

함흥의 여자는?

함흥은 조선수전(朝鮮水電)이 만들어지고 나서 왕성히 땅값이 올라가고 있는 것이 사실이다. 정거장 가장 가까운 곳에서 큰 도로에 걸쳐 땅값이 날마다 뛰고 있는 것은 사실이다. 때문에 조선식산은행 등은 대출이 많아 조선수전이 이제 막 생긴 부산물로 봐도 좋을 것이다. 함흥 자체가 열리면서 자연스럽게 오른 토지가 아니라, 다른 사람의 훈도시(褌)[3]로 스모를 하는 격이다. 아무튼 보는 것만으로도 망막한 들판이 일대 공업지로 변해 토지소유자 입장에서 보면 그야말로 하늘의 축복이다. 식산은행 지점 같은 곳도 이 안전하고 견실한 토지 담보대출 균형이 4백만 엔에 이르고 있는 것 같다. 한 지점에서 4백만 엔은 큰 금액이라고 하지 않을 수 없다. 그리고 함흥은 군인의 고장이다. 사단이 주둔하고 있는

---

3) '훈도시'는 일본의 전통적인 남성용 속옷으로, 일본의 씨름인 스모를 할 때 선수들이 착용한다.

곳이어서 군인을 상대로 하는 장사가 유행하는 것도 당연하다. 그 증거로 활동사진 같은 것도 제법 흥행하고 있다. 현재 세 곳의 상설관이 언제나 만원이 되어 입장권 발매를 중지하는 간판을 세워 놓고 있다고 한다.

금선각(金仙閣)이라고 하는 요릿집이 있다. S씨에게 안내를 받아 견학할 영광을 얻었다. 보기에도 새로운 3층 구조의 당당한 건물이었다. 경성에 있던 가고시마(鹿兒島) 출신 게이샤를 우연히 만났다. 아리마 히비코(有馬日日子)라는 단골집 여자였다. 에이마루(榮丸) 손님방에서는 이 여자와 아름다운 기생을 만났을 뿐이지만, 밖을 돌아다닐 때 멀리서나마 여자들을 봤는데 모두들 매우 훌륭했다.

게이샤라고 하는 것은 역시 찰랑거리는 기모노를 입고 양 갈래로 틀어 올린 머리나 걸을 때 왼쪽 치맛단을 잡아야 한다는 등의 선입견이 있어서인지 이들은 왼쪽 치맛단을 잡고 있는데, 거 참 실제로 보니 어이가 없다. 이들 하나하나에 문제점을 찾아내는 것은 좋지 않으니까 여기서는 말하지 않겠다.

우마노(馬野) 함남 지사 각하는 최근에 조선의 수도 경성에서 전근 온 사람인데, 특히 함흥의 게이샤 문제에 대해서는 과연 자신의 고장인 만큼 헐뜯지는 않았다.

"각오는 하고 있었지만요. 아하하. 아무래도, 하하하."

그가 의미심장하게 웃었다. 이쪽도 이렇게 말하고 싶다.

"각오는 단단히 했지만요, 하하하."

이하의 시구 한 구절을 읊었다.

굴뚝과 같이 튀어나온 치맛단 왼쪽을 잡고
煙突のやうに突立つ左褄

함남의 인물

이즈미사키(泉崎) 내무부장은 강원도의 내무부장 시절부터 알고 지내던 사이다. 그에게 「본도의 산업은(本道の産業は)」을 듣는 것은 이번이 두 번째이다. 지사가 된 이즈미사키 씨는 성품이 소탈 성실하고 원만해 선비 같은 사람이다. 우마노 지사의 활달함에 대해 알맞은 배우자이다. 우마노 지사가 초대 명(名) 부윤의 이름을 제멋대로 써서 경성에서 함흥으로 떠날 때 정거장은 완전히 4, 5천 명의 사람들로 가득 차 있었다. 이는 조선으로서는 총독이나 총감 급 신임 이상의 사람들이 올 때나 볼 수 있는 광경이다. 이렇게 30만 부민(府民)이 몰려 있는 가운데 서 있는 사람이다. 그는

함흥에서도 너무 요령이 좋아 보였다. 우선 명 부윤 명 지사의 이름을 부끄럽게 했다. 그가 종횡으로 부리는 재주, 위대한 기개와 도량은 지사로서는 약간 능력 과잉의 느낌이라는 소문이 있다. 도지사 정도는 손쉬운 모양이어서 짐이 너무 가벼운지도 모른다고도 한다. 아무튼 평판이 좋은 것은 잘 된 일이다.

길회선(吉會線)의 종단항(終端港)

야마나시(山梨) 총독은 길회선의 종단항은 청진이라고 언명했다. 또 이것은 신문기자의 보도라고 정정했다. 청진(淸津)인가. 나진(羅津)인가. 웅기(雄基)인가. 아직 결정되지 않았다. 고(故) 시모오카(下岡) 총감은 길회선이 속히 완성되기를 서둘렀던 것도 사실이다. 웅기와 나진 어느 쪽으로 할 것인지도 결정되어 있다고 하는데, 고인의 의중을 짐작할 수 없다. 각각 장단점 있는 이 세 항구에 대해 그 우열을 논할 수도 없다.

다만 아래의 웅기는 세 후보 중에서 최북단에 위치해 있다. 자체로 항만 시설을 갖추고 있기 때문에 단순한 축항으로서는 세 곳 중에서 제일의 위치에 있다고 칭해지고 있다. 그러나 결점은 러시아령에서 포격 사정권 내에 있다는 것이다.

청진은 현재 축항 중에 있으며 철도 연선에 있다. 나남에도 근접해 있어 장래의 대 시가지로 적합한데, 수심이 얕고 또 외양(外洋)에 전부 개방되어 있어 다롄(大連)에 견줄 만한 대규모 축항을 위해서는 상당한 경비가 필요하다.

나진은 웅기, 청진의 중간에 위치해 있다. 장점은 항구 내에 대초도(大草島) 등의 섬이 있고 수심이 깊어 큰 선박을 용이하게 정박시킬 수 있다는 것이다. 다만 결점이라고 할 만한 것은 구릉이 많아 시가지로 하기에는 토지가 없다는 점이다.

이상과 같이 일본해에 면해 있는 다롄 항에 필적할 만한 큰 항만으로는 세 곳 모두 장단점이 있다. 이 점이 위정자의 고심을 필요로 하는 부분이라고 생각한다.

그러나 전술했듯이 회령선의 종단항 문제는 건설 이유로 종래는 다롄에 대항하는 것을 목표로 해왔다. 길회선이 전부 개통되는 것은 지린(吉林)을 중심으로 내지와의 연락 거리가 수륙 모두 만철에 비해 많이 단축될 수 있고 운임 외에도 채산 상 다대한 이익을 가져올 것이다. 따라서 동북지방에 큰 손님을 가지고 있는 콩깻묵(豆粕) 종류가 만철을 통하지 않고 길회선을 경유해 쓰루가(敦賀) 방면으로 유송되는 것은 물론, 내지에서 북만주로 유송되는 화물도 그 대부분은 동(同) 선을 경유하게 되어 북만주 개발에 수

반해 동 선의 가치는 높다고 할 수 있다. 나아가 현재 천연의 좋은 항구인 포염항(浦鹽港)과 필적할 만한 무역항을 만들어 이에 대항할 필요가 임박해 있다.

러시아의 현재 상황은 지금까지와 마찬가지로 추진해서는 안 될 것으로 생각된다. 따라서 포염으로서도 현재의 적막함을 언제까지 계속 유지하고 있을 수는 없다. 언제 잠자는 사자가 분연히 일어날지 모른다. 그러니 일본의 만몽(滿蒙)정책은 단지 같은 일본의 시설을 목표로 해서는 안 된다. 즉, 조선이 만주와 대항하고 청진이 다롄에 대항해야지, 청진과 나진이 대항하고 있을 때가 아니다. 목표는 지나나 포염이 돼야 할 것이다. 즉, 지나처럼 다롄에 길항할 만한 연산항(連山港)의 축항이 순조롭게 진척되고 있는 현재, 단지 일본이 국내에서 동지를 치는 것을 배격하는 일이 중요하다.

봐라, 포염은 오늘날 삼백만 톤의 수출입 능력을 보유하고 있고 8백만 석의 미곡을 삼키고 토해낼 수 있지 않은가. 그리고 만 톤급의 스무 척을 정박시킬 수 있지 않은가. 청진의 50만톤 수출입 능력, 백만 석의 미곡을 해결할 수 있는 정도로는 매우 불안하다.

당연히 국내적인 싸움은 그만 멈추고 대외적 경쟁, 국제적 경쟁의 준비가 필요하다.

함북은 조선 중에서도 부원이라고 한다. 삼림, 금광, 수산, 농산 모두가 월등히 풍부하기 때문이다. 무산(茂山) 군 한 곳을 봐도 4 백만 리 안에 60만 정보(町步)의 미개척지를 가지고 있다. 무산군 은 특히 천고의 삼림을 가지고 있다. 산양대(山羊臺)나 고두산(高 頭山) 부근에는 일주일 동안 가도 가도 삼림이 계속된다고들 한다. 따라서 엄청나다는 것을 수긍할 수 있다. 함북은 실로 1억 5천만 척체(尺締)⁴⁾의 삼림을 안고 잠들어 있는 것이다.

함북의 농민은 유복하고 순종적이라고 하는데, 그 이유를 알 것 같다. 그들은 일인 당 3정(町) 2반(反)⁵⁾씩 수전(水田)을 보유하고 있다. 즉, 함북 농민의 92퍼센트는 자작농인 셈이다. 미개간지가 남아돌고 있다. 그리고 농민의 9할 이상이 자작농이어서 인구 밀 도가 다른 도의 4분의 1이다. 함북이 동아(東亞) 평화의 낙토라는 것은 당연한 이야기이다. 총독부의 산미증식계획은 10개년 30만 정보 3억 엔의 계획이다. 함북의 무산(茂山) 군 하나에 아직 60만 정보의 미개간지가 있다. 그야말로 조선의 토지개량사업도 유망하 다. 그야말로 전도가 요망하다고 할 수 있다.

길회 종단항 문제가 엉뚱한 곳으로 탈선했다. 나는 종단항 문제 에 대해 크게 경쟁하는 것도 좋다고 생각한다. 그러나 그보다도

---

4) '척체'는 부피를 나타내는 단위로 1척체는 약 0.35㎥이다.
5) '반(反)'은 면적을 나타내는 단위로 10반이 1정(町)이다.

이 무진장한 모란강(牧丹江) 연안, 송화강(松花江) 연안의 부원을
어떻게 이끌어낼 것인지 해운 정책상의 문제, 그리고 국책상의 문
제라는 점을 말해두고 싶다. 훈춘, 왕칭(汪淸) 일대가 삼키고 내뱉
는 양은 웅기로 해도 된다. 지린 송화강 일대를 담당하는 곳은 청
진으로 충분하다. 문제는 무진장의 보고인 내부의 깊숙한 땅을 상
대로 한 국가 백 년의 장기적인 계획을 세웠으면 한다고 외치고
싶다. 토지 가치의 상승이나 투기 증가 때문에 헛되이 싸우고 있
는 우를 범해서는 안 된다.

국가는 모름지기 만몽의 경제 조사를 철저하게 행하기 위해 함
북에 해당 기관을 설치하라. 무산의 삼림, 미개간지 그 외의 부원
조사를 실시하기 위해서 적당한 종합 기관을 나남 내지는 웅기에
설치할 것을 외친다.

북선의 숙박 및 요리

함남의 숙박소는 정거장 앞의 부용관(芙蓉館)이라고 하는 곳이
다. 여기는 나오는 여자가 나쁘게 말하면 키다리이고 좋게 말하면
키가 시원스러운 사람들뿐이다. 모두 촌스럽기는 하지만 전체적으
로 친절하고 예의를 너무 잘 지켜 얄궂은 장난을 치고 싶어진다.

찻값도 많이 줄 필요가 없고 하녀에게 주는 돈도 아주 조금 주는
정도로 충분한데, 진심으로 친절히 대해준 것에 대해서는 기뻤다.

나남의 쓰루야(鶴屋) 여관도 좋은 숙소이다. 이곳은 나오는 여자
들이 약간 살이 찐 사람들로 함흥의 부용관과 비교하면 무와 가부
라(蕪)[6] 정도의 차이가 나는 것은 재미있었다. 이곳의 주인 부부
는 청진의 계림관(鷄林館) 등에 있었다고 한다. 한쪽은 하녀로, 또
한쪽은 지배인으로. 그러다 여기를 매수한 것 같다. 매우 열심히
손님을 대하고 대단히 친절하게 대해줘 기뻤다. 두 여관 모두 한
번으로는 끝내고 싶지 않다. 다시 한 번 가볼 생각을 불러일으킬
정도로 손님 대접에 성공했다.

주을온천

주을온천의 왕복 거리는 내지의 온천과 마찬가지이다. 유성, 온
양, 동래, 오룡배(五龍背) 등, 만선(滿鮮)의 온천은 모두 들판에 한
채 있는 느낌인데, 주을은 결코 그렇지 않다. 산도 있고, 강도 있
고, 구름도 있고, 기암도 있고, 괴석도 있어 마치 동북의 천도(川
渡)온천이나 청근(靑根)온천 등에 가는 듯한 느낌이 든다.

---

6) 순무 종류를 가리키는 일본 명칭.

새하얀 모래밭에 6월의 태양이 가득했다. 요양소에 있는 병든 병사가 군모(軍帽)를 쓰고 하얀 환자복을 입은 대여섯 명이 낚싯대를 드리우고 있었다.

"뭔가 잡히나요?"

객실에서 하녀가 물었다.

"잉어요"

대답이 들렸다. 때때로 환자 병사의 웃음소리가 메아리쳤다. 저녁 무렵이 되자 기생개구리 울음소리가 들렸다. 밤에는 산에서 천둥소리가 났다.

온천 여관에 천둥소리 들으며 잠들었노라
湯の宿に遠雷聽いて眠りけり

그리고 북선의 요릿집도 있다. 함흥의 요릿집은 전술한 대로인데, 나남에서 김(金) 내무부장의 안내로 적수옥(赤穗屋)에서 점심을 얻어먹었다. 지금 공사 중이어서 객실 안에 대팻밥이 흩날리고 있고 정이나 대패 소리가 사방을 울렸다. 아래층으로 청해 온돌에서 소음을 피했다.

이곳의 친척 여자애라고 하는 18세의 미사오 씨가 맥주를 따라주었다. 농담을 말해도 통하지 않을 정도로 완전 초보이다. 얼굴이 가늘고 귀한 생김새였다. 히로시마에서 올 봄에 왔다고 한다. 손님의 농담이 길어져도 어른스럽게 앉아 있었다. 눈동자의 움직임이 활발하다는 생각이 들었다. 북선의 시골에는 아까운 처자였다. 이런 처녀는 국경 주둔지의 젊은 병사의 아내로 옥가마라도 태워 보내고 싶다.

함북의 인물

함북의 내무부장인 김동훈 씨는 1918년 만세 사건 때 강원도에서 군수로 있었다. 그가 관장하는 군은 소요 속으로 휘말리지 않았다. 그는 완전히 내지인이 되어 있었다. 논의 중에 석유 이야기가 나오면,

"우리 야마토(大和) 민족은……" 이런 식이다.

조선인 내무부장에 대해 우리는 비판조의 말은 하지 않았다. 그저 이 기개가 있으면 된다는 생각이 들었다. 완전히 내지인으로 되는 것이 중요하다. 그에게 이러한 기개가 있는 것을 기쁘게 생각했다. 그리고 그의 웅변술, 사무적인 재간의 탁월함, 사업을 좋아하는 것 등…….

사업을 좋아하는 사람으로는 아다치 함북지사도 있다. 그는 북

선에는 다른 도보다 역량과 재능이 있는 인사가 있으면 좋겠다고 한 아마나시 총독의 대 방침을 만족시키는 사람으로 선출돼 북선으로 부임했다. 김 내무부장이 사업을 좋아하는 것과 더불어 원대한 계획이 산적해 있는 것 같았다. 국가를 위해 두 사람의 건재를 간절히 기원한다.

『朝鮮公論』, 1929.7.

일제의 북한 기행
재조일본인의 국경의 우울

초판 1쇄 발행 2015년 6월 26일

엮고 옮긴이 김계자

펴낸이 이대현
편집 권분옥 이소희 오정대 이태곤 문선희 박지인
디자인 이홍주 안혜진 ǀ **마케팅** 박태훈 안현진
펴낸곳 도서출판 역락 ǀ **등록** 303-2002-000014호(등록일 1999년 4월 19일)
주소 서울시 서초구 동광로46길 6-6(반포4동 577-25) 문창빌딩 2층(우137-807)
전화 02-3409-2058(영업부), 2060(편집부) ǀ **팩시밀리** 02-3409-2059
이메일 youkrack@hanmail.net
역락블로그 http://blog.naver.com/youkrack3888

ISBN 979-11-5686-205-5 03830
정 가 10,000원